Kadokawa Fantastic Novels
U0075244
妳被召喚囉，達克妮絲小姐。
為美好的世界獻上祝福！3

檢方請求，被告應適用顛覆國家罪！
啊哈哈哈……我好像被叫來了耶。
克莉絲
被告，請慎選辯護人。
法官

和真
我想回去……夠了，我好想回日本……
阿克婭
我反對！
惠惠
沒問題，請包在我身上。
達克妮絲
……

沾滿我全身的這些黏液，是蟾蜍的分泌物。
然後我會就此直接施展寢技！
惠、惠惠？
別開這種不好笑的玩笑喔！
不要過來！
芸芸

請交給我吧，
老爺。

好臭！沒錯，這的確是
惡魔散發出來的臭味！
……這、這下傷腦筋了。
再這樣下去……

為美好的世界獻上祝福！

CONTENTS

為美好的世界獻上祝福！③

妳被召喚囉，
達克妮絲小姐。

暁 なつめ
illustration 三嶋くろね

Kadokawa Fantastic Novels

Profile

被告方

阿克婭

繭居尼特（和真）的辯護人，
交給身為女神的本小姐來擔任就對了！

年齡：年齡不詳
職業：大祭司

和真

吶，算我拜託妳，
什麼都別做好嗎……

惠惠

哼！交給我就沒問題了。
紅魔族的智力非常高喔。

年齡：13歲
職業：大法師

和真

我說，算我拜託妳們，
乖乖待在那邊好嗎！

達克妮絲

無論對方提出任何證據都可以
忍耐到最後，就讓以強韌意志
與鐵壁般的防禦為傲的我，
來負責為你辯護吧！

年齡：18歲
職業：十字騎士

和真

換人！

年齡：16歲
職業：冒險者

芸芸

年齡：13歲
職業：大法師

艾莉絲

年齡：年齡不詳
職業：女神

維茲

年齡：20歲
職業：店老闆

Characters

Character

原告方

瑟娜

克莉絲

我是王國檢察官。
冒險者克莉絲小姐，
我想請妳以證人的身分出庭，
不知道妳方不方便？

嗯～～～～……好啊！

…………我也想請你以證人身分出庭，不知道你方不方便？

喂，妳幹嘛考慮那麼久？

……不，沒什麼。

喂喂喂！對大爺我來說
可不是非去不可喔！

這樣啊。
像你這種素行不良的小混混
也是有事要忙的時候吧。
我明白了。

…………我去啦，
我這不就說我要去了嗎！

克莉絲　年齡 15歲？　職業 盜賊

達斯特　年齡 17歲　職業 戰士

瑟娜　年齡 20歲　職業 王國檢察官

點仔

年齡 ？？？

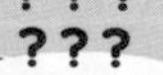

職業 ？？？

亞歷克賽・巴畾斯・巴爾特

年齡 21歲
職業 貴族

達斯堤尼斯・福特・伊格尼斯

年齡 45歲
職業 大貴族

Other

序章

——敬啟者。

想來您那邊的世界也進入嚴寒逼人的時節了，父親大人、母親大人，不知道兩位過得如何呢？

「被告，佐藤和真。有鑑於你一直以來反覆做出非人道的不當行為……」

在那邊的世界，積雪差不多開始消融了嗎？

弟弟還是老樣子嗎？

「以及明顯破壞鎮上治安的反社會行為……」

我想，各位一定還是一如既往，都過得很好才是。

「本席認定檢察官之求刑恰當。」

我在這個世界也過得非常好——

「被告有罪，因此——」

所以，還請兩位原諒……

「——判處，死刑。」

我這個變成罪犯的不孝子——

第一章 為不當審判請求救援！

1

曾經，有個名字很不正經，卻讓全世界的人非常害怕的懸賞對象。也不知道是誰取的，那名字就叫……

機動要塞毀滅者。

這麼大咖的懸賞對象，不久之前，在我可圈可點的作戰指揮之下，被我們順利擊退了。

而現在，由於開始發放毀滅者的懸賞獎金，我這才來到冒險者公會，但是——

「冒險者，佐藤和真！我們現在懷疑你犯下顛覆國家罪！請你跟我們來一趟！」

狀況好像變得很奇怪。

「呃……請問妳是哪位？應該說，顛覆國家罪是什麼？我只是來領獎金而已耶。」

我戰戰兢兢地問了眼前那個表情嚴肅的女人。

原本吵吵嚷嚷、好不熱鬧的公會，也因為左右各帶著一名騎士的那個女人的一句話，而陷入了一片寂靜之中。

「我是王國檢察官瑟娜。所謂的顛覆國家罪，正如字面上所示，是做出足以動搖國家之犯行者所觸犯的罪名。我們現在懷疑你是恐怖分子，或者是魔王軍的爪牙。」

自稱瑟娜的那個黑色長髮女人一邊說，一邊以凌厲的視線瞪著我。

是個給人的第一印象宛如老闆祕書的，感覺很聰明的美女。

聽了瑟娜的那番話，阿克婭驚叫出聲。

「咦咦！喂，和真，你到底是又捅了什麼婁子啊？在我沒看到的時候，你是犯下了什麼罪啊！快點道歉！我也會跟你一起說對不起啦，快點啊，趕快道歉！」

「妳白痴啊！我怎麼可能犯下那種罪嘛！再說了，我們平常幾乎無時無刻都在一起，妳應該最清楚我什麼都沒做吧！」

在我訓斥阿克婭時，惠惠說：

「請等一下，你們是不是弄錯什麼了？和真這個人，確實是會時不時做出一些性騷擾之類的輕度犯罪，但他可沒有那個膽量去犯下如此大逆不道的罪刑。」

「說穿了妳到底是想幫我說話還是想找我吵架啊？」

我如此吐嘈惠惠時，就連達克妮絲也跟著說：

「嗯，的確，我也不覺得這個男人能犯下那麼大逆不道的罪。如果他有那個膽量的話，我平常穿得那麼清涼在豪宅裡晃來晃去的時候，他應該就不會只用那種禽獸般的眼神看著我，卻什麼事都沒做了。這個男人可是個連夜襲都不敢的廢柴啊。」

「誰誰誰誰、誰看妳啦！妳也太自我感覺良好了吧！不過是身材性感了點就那麼自大，我也有選擇的權利好嗎！」

聽我這麼說，達克妮絲的臉瞬間刷紅。

「你、你這個傢伙，明明就在浴室叫我做了那種事情，現在居然說這種話……！」

「那個時候是夢魔在控制我啊！而且反而是妳的問題比較大吧，明明就被那個時候的氣氛影響，乖乖幫我洗背！現在是怎樣？難不成妳有點期待嗎？妳這個女人到底是多好騙、多隨便啊！」

「我我我、我說你果然有記憶對吧……！而且，我身為侍奉艾莉絲女神的十字騎士，可是依然保持著純淨之身！說我好騙又隨便？我要宰了你！」

達克妮絲一邊說著這種危險發言，一邊試圖勒住我的脖子而和我扭打起來。這時，瑟娜身旁的騎士之一將我們分開。

然後，看著剛才的騷動依然連眉頭也沒動一下的瑟娜，冷冰冰地說：

「傳送機動要塞毀滅者的核心，日冕礦石，是那個男人做出的指示。而那個礦石被傳送到的地方，是治理這塊土地的領主的宅邸。」

此話一出，整個公會這下子真的是陷入了徹底的寂靜。

——日冕礦石。在迎戰毀滅者時，叫人用瞬間移動的魔法把即將爆炸的那個石頭傳送到別的地方去的人，確實是我。

沒想到那個礦石——

「竟有此事，領主因為我被炸死了嗎……！」

「大人可沒死，你不要隨便咒殺！據說領主大人正好請走了所有傭人，大人自己又待在地下室，所以沒有造成任何傷亡，不過宅邸倒是全毀了。」

聽見沒有傷亡，我鬆了一口氣。

「那麼，這次對抗毀滅者的戰鬥當中就沒有人死掉囉，真是太好了，太好了。」

「好什麼好！你知不知道現在是什麼狀況？你將爆裂物送進領主大人的宅邸，炸毀了整棟建築物。剛才我也說過，我們現在懷疑你是恐怖分子或是魔王軍的爪牙。總之，等回到局裡我再聽你把話說清楚。」

瑟娜這番話讓原本一片寂靜的公會議論紛紛了起來。

這也難怪。在場的冒險者們都很清楚我的為人。

同時，他們也知道我在對抗毀滅者的時候有多麼活躍。

「呵，我還以為是多不得了的事情呢……和真在對抗毀滅者的時候，可是最大功臣喔。雖然叫人傳送那顆礦石的，確實是和真沒錯，但那是在緊急情況下逼不得已才會那麼做。要是沒有和真的機智，日冕礦石一旦爆炸，很可能就會有人因此喪命。他應該得到的是褒獎，而不是責難吧。」

惠惠這麼一說，公會內四處都響起了「沒錯」、「沒錯」的附和聲。

你、你們大家……！

在我有點感動的時候，瑟娜冷淡地說：

「順便告訴各位，這項顛覆國家罪，視情況亦可適用於做出犯罪行為之主犯以外的人。在審判結束之前，我奉勸各位還是注意一下自己的言行比較好。若是有人想和這個男人一起吃牢飯的話，我也不會阻止就是了。」

她這麼一說，整個公會再次陷入了一片寂靜。

然後——

「……『放心吧！世界這麼大！比起傳送到有人的地方，傳送到沒人的地方的機率大多了！放心吧，一切責任由我承擔！別看我這樣，我的運氣可是很好喔！』……我記得，當時和真是這麼說……………」

阿克婭突然冒出這麼一句話。

……我確實那麼說過，不過這個傢伙平常明明是個笨蛋，為什麼只有在這種時候可以把事情記得那麼清楚啊？是說……

「阿克婭，妳該不會是真的想把所有責任都推到我一個人……身上……吧……？」

阿克婭沒有回答我的問題，只是尷尬地別開視線。

「說到頭來，我根本沒有攻堅進毀滅者裡面喔。如果我當時在場的話，一定可以阻止和真做出這個決定才對。可是，我當時並不在現場，這也是沒有辦法的事情。沒錯，這是沒有辦法的事情呢。」

明明沒有人問她，惠惠卻大聲地這麼自言自語了起來。

「……喂，慢著，阿克婭、惠惠，妳、妳們兩個傢伙，該不會是……」

她們兩個人該不會是要……！

這時，達克妮絲護著我，站到瑟娜面前說：

「等一下，主犯是我，做出指示的是我。所以請務必讓我參與牢房情趣遊戲……不對，如果妳要帶走和真的話就連我一起帶走，對我嚴刑逼供吧！」

「聽說，妳不是一直站在毀滅者前面，完全沒派上任何用場嗎？」

「！」

瑟娜毫不留情地揭開達克妮絲的瘡疤，害她淚眼汪汪地看向我，但達克妮絲完全沒派上用場是事實，我現在也沒空理她，所以決定置之不理。

在這樣的狀況下，一直默不作聲的維茲戰戰兢兢地舉起了手。

「那、那個！使用瞬間移動魔法的人是我，如果妳們要帶走和真先生，就也把我……」

這時，阿克婭一把抓住維茲舉起來的手。

「不可以喔，維茲！只犧牲一個人就夠了的話，那當然是再好不過了！我知道妳很難過，但現在要忍住……！沒錯，和真又不是會就此和我們永別。我們要耐心等待，等到和真平安從苦窯裡出來時，知道嗎？」

那個八婆！不要說得好像我這個苦窯是蹲定了似的好嗎！

不，對維茲做出指示的是我，我至少是有打算要袒護維茲啦！

「算了，就算妳們不站在我這邊，我也還有公會的大家可以靠！」

說著，我環顧了公會一圈，但冒險者們都在和我對上眼之前就別開了視線。

連、連你們這些傢伙也這樣！

「喂，開什麼玩笑啊！你們給我多努力一點啊！多抗議一下吧！」

我如此破口大罵之後，有個魔法師女孩輕聲地說：

「我第一次見到和真先生的時候……沒錯，那時，我看見的，是和真先生在公會後面，脫下一個盜賊女孩的內褲。是的，當時他那副模樣，對我造成了很大的衝擊。」

等……！

「是啊，我一直覺得和真總有一天會鑄成大錯……」

「沒錯，我也這麼認為。我還聽說過一個傳聞，他好像把自己的祭司同伴關進籠子裡，拿來當吸引鱷魚的誘餌耶。」

「還有還有，聽說有人要找他挑戰，結果他把對方的魔劍摸走，還賣掉了。」

「你們翻臉的速度可以再快一點啊！剛才說話的傢伙，我都記住你們的長相了！等我證明了自己的清白之後就給我走著瞧……！」

在我放話的時候，兩名騎士用力抓住了我的雙臂。

「你們全都給我記住————！」

2

——位於城鎮中央的警察局。

身為一介善良冒險者的我，這是個平常從不會過來的建築物。

現在，我卻身在這棟警察局裡，被人帶著一路往深處走去。

「好了，乖乖進去吧。在審判結束之前，這裡就是你的房間了。」

走在我前面的瑟娜這麼說，並在一間狹小又陰暗的牢房前停下腳步。

「喂，我好歹也是拯救了這個城鎮的英雄吧？真的假的？妳真的要把我關進牢房裡？吶，妳是認真的嗎？」

我看見牢房頓時心生畏懼，於是這麼問向瑟娜，試圖動之以情，但是……

「我明天會再仔細訊問，你今天就在這裡好好休息吧。」

瑟娜沒有回答我的問題，也不打算再理我的樣子。而騎士們聽見她這麼說，便將我推進了牢房裡。

隨後，瑟娜便轉過身，和騎士們一起離開。

「喂！等一下啦！……喂！……喂……真的假的……」

在陰暗又寒冷的牢房裡，我雙手緊握鐵欄杆，因為這超乎想像太多的發展而茫然失措。

……一直到今天早上，我都還在豪宅裡無所事事耶。

為什麼現在會變成這樣？

不知該如何是好的我環視了牢房一圈，只看到冰冷的地板上放了幾條毛毯，牢房的角落有個小馬桶，再來就是裝了鐵欄杆的窗子，僅此而已。

太沒天理了吧。對於拯救了這個城鎮的人，卻給予這種對待也太過分了。

我在陰暗的牢房裡抱著腿坐了下來，並把臉埋進了雙膝之間。

我知道這個世界無道理可言，世道也很險惡，但沒想過會到這種地步。

現在回想起來，當繭居族的時候每天都好開心啊。

可以在溫暖的房間裡睡到過中午才起床，然後就一股腦地打電動。

吃父母準備好的飯菜，想睡的時候就睡，睡到想起床再起床，過著自甘墮落的生活。

然而，來到這個世界之後，每天都得不斷吃苦。

我沒有異世界的常識，找不到什麼好的兼差工作，連服務業也做不好。剛來到這個世界就得當操勞的臨時粗工，每天還睡在馬廄裡。

然後還得一天到晚幫那幾個莫名其妙的傢伙擦屁股，最後甚至背了債……！

越想越火大。妳們全都給我記住，等我出去妳們就知道了！

……不過。

「我想回去……夠了，我好想回日本……」

事到如今，我想起了回日本這個最原本的目的。

這是個有王公貴族存在的異世界，而我在這裡吃上了官司。

畢竟惹到的對象不是小人物，要是稍有差池，搞不好還會被判死刑。

發現現在的情況非同小可，再加上身處於陰暗的牢房之中，讓我的心中急速湧現強烈的不安。而就在這個時候……

當我在牢房裡快要哭出來的時候，幾個腳步聲從遠方傳來。

「喂，我不會抵抗啦，你們給我抓輕一點！」

「閉嘴，小混混！走快一點！」

接著是鎧甲喀嚓作響的聲音，還有聽起來不像善類的男子的聲音。

看來，除了我以外，又有其他罪犯被帶到這裡來了。

……不對，等一下。這裡的牢房只有這一間耶。

饒了我好嗎，我可不想和來路不明的罪犯單獨關在同一間牢房裡啊！

「乖乖進去！真是的，你這個傢伙到底想來這裡幾次啊？這裡是牢房，可不是你的房間。而且今天有人先進來了，你們可別吵架啊。」

「好好好，知道啦知道啦。那就打擾啦…………等等，什麼啊，這不是和真嗎！你在這種地方幹嘛？」

——進到牢房裡的，是這個城鎮出名的小混混冒險者，達斯特。

「喂喂，在這種地方遇見你還真巧啊！怎麼，你幹了什麼好事？」

騎士們離開之後，被關進牢裡的達斯特不知道在開心什麼，這麼問著我。

「沒有啦，我好像被當成恐怖分子了……在討伐毀滅者的時候，我做出了指示，把即將爆炸的核心傳送出去。結果那個東西被傳送到領主的宅邸裡，炸毀了他家。」

聽我這麼說，達斯特忍不住噴笑。

「嗚哈哈哈，你很行嘛和真！這樣啊這樣啊，反正那個臭領主也很惹人厭啊！幹得好！嗚哈哈哈，是他活該！」

「喂，等一下，我可不是故意的啊！我不是因為對那個領主懷恨在心才這麼做的喔！應該說……我才想問呢，達斯特你在這種地方幹嘛？」

聽剛才的騎士所說，他好像是這裡的常客。

「我嗎？沒有啦，因為聽說擊破毀滅者的獎金要發下來了，我就到處賒帳大吃大喝，想說用那筆錢來付。原本以為金額應該不小，所以我還借錢去賭博。結果，獎金比我預想中的還要少，不夠還錢啊。因為身無分文，就只能睡在馬廄裡，但是這個季節睡馬廄又很冷。既然如此，我想說乾脆進來窩在這裡，這樣的話不但有東西吃也不至於凍死，所以我就隨便找了個地方吃霸王餐啦。再說了，待在這裡的話追債的人也進不來呢。」

這個男人還真是人如其名啊。

面對這個毫不愧對於達斯特這名的小混混，看著他的廢渣模樣，讓因為被關進牢裡而沮喪的我，覺得心情舒暢多了。

3

和達斯特閒聊著打發時間，吃過晚飯之後，我很快就躺平了。

——不知道睡了多久。

聽見遠方傳來的爆炸聲，隨後感覺到輕微的震動，我忽然醒了過來。

與此同時，我聽見輕微的低語聲。

「……真……和真！喂，和真，醒醒啊！」

月光從裝了鐵欄杆的窗口照了進來。

現在的時刻大概已經過深夜了吧。

「喂，和真，你聽得到嗎？和真——」

窗外傳來的低語，是一道熟悉的聲音。

我環顧四周，確認除了正在打呼的達斯特以外沒有其他人在。

這間牢房位於警局的最深處，他們大概認為不需要派人一直看守吧。

裝了鐵欄杆的窗戶位在遠比我的身高還要高的地方。

我走近窗戶底下，這次就清楚聽見了阿克婭的聲音。

「阿克婭，妳這傢伙！妳來幹嘛的，想怎樣啊混帳！」

「當然是來救你啊！惠惠和達克妮絲現在正在製造騷動，引開警員的注意。惠惠應該是在城鎮附近發了爆裂魔法，警員們都因此而嚇得衝出去了。現在，達克妮絲大概正抱著耗盡魔力的惠惠逃離現場吧。」

我在睡夢中感覺到的那股震動是爆裂魔法啊。

「話說回來，妳們怎麼又想來救我了？想幫我的話，白天的時候就該好好挺我吧。」

「要是我們那麼做，搞不好就得一起在牢裡開同樂會了！我們可不是因為想像過和真出來之後會怎麼報復我們而感到害怕喔，才不是這樣呢。」

聽了她後半句話，我大致上知道她們來救我的理由了。

可是——

「可是，就這樣逃掉沒關係嗎？要是我逃出去了，不會讓情況更加惡化嗎？」

「你在說什麼傻話，顛覆國家罪最重好像可以判到死刑喔。聽達克妮絲說，這次受害的那個領主，是個非常陰險又很小心眼的人。面對和真這種來路不明的冒險者，他大可靠著權力來扭曲事實，把你殺掉耶。」

不愧是文明水準還在中世紀時代的異世界。

人命就像垃圾一樣啊。

「……那我越獄就是了，但是我該怎麼離開這裡啊？切斷窗口的鐵欄杆嗎？」

聽我這麼說，阿克婭自信滿滿地笑了兩聲，從鐵欄杆間的空隙丟了某樣東西下來。

隨著輕微的金屬聲掉落在地上的，是一根鐵絲。

這是要怎樣。那個傢伙該不會……

「首先，就用那根鐵絲，學漫畫那樣挑來挑去，再把牢房的鎖撬開吧。之後和真就可以用潛伏技能逃出警局了！然後，回到豪宅之後還得趕緊準備趁夜跑路才行！那就先這樣，我在警察局前面等你喔！」

阿克婭留下這句話，便離開了這裡。

我撿起鐵絲，看了看牢房的鎖。

……………是將八位數字轉到正確位置之後才能打開的轉盤鎖。

「……繼續睡吧。」

我再次裹起了毛毯來。

4

「起來了！來吧，跟我走。接下來要開始偵訊了！」

裹在毛毯裡的我，被闖進牢房裡的瑟娜拍醒了。

「幹嘛啦，還這麼早耶……」

「都快中午啦！你這個傢伙平常是過著怎樣的生活啊！」

在警局內職員們的注視之下，我被帶到某個房間前面。

「好了，進去吧。我先聽聽你的說詞，然後再決定要不要把你送上法庭。你最好想清楚再發言！」

聽著瑟娜威嚇式的話語，我提心吊膽地走進房間裡面。在那中間擺著一張桌子，還放了兩張椅子。

然後，入口旁邊也有一張小桌子和椅子。

這樣的布置，說起來就和檢警片裡面出現的偵訊室一模一樣。

帶我過來的騎士之一，默默在入口旁邊的椅子上就座，並在桌子上攤開一張紙。

這就是那個吧，是要做筆錄吧。

在另外一個騎士的催促之下，我坐到房間中央那張桌子的前面。

接著，那個騎士也默默地站到我的背後去，大概是為了在我掙扎的時候，可以立刻壓制住我吧。

狹小的房間裡有著兩名身穿鎧甲的騎士。在我因為這樣的壓力而擔驚受怕時，瑟娜在桌子對面的椅子上坐了下來，並拿出一個小鈴放在桌上。

「你知道這是什麼嗎？這是經常使用在這種地方以及法庭上的，能夠識破謊言的魔道具。這個鈴和施加在這個房間裡的魔法互相連動，只要發言者的話語之中含有謊言就會響。請記得這一點……那麼，我要開始發問了。」

瑟娜如此告知後，便板著看起來冷酷無情的臉，在沉重的氣氛當中開始偵訊。

同時還一邊以食指敲打著桌面，就像是想對我施加壓力似地。

「佐藤和真。年齡十六歲，職業為冒險者。階級也是冒險者啊……那麼，首先，請你說出自己的籍貫，以及成為冒險者之前是在做些什麼。」

突然就問起難度這麼高的問題啊。

籍貫和過去的經歷，這些事情我到底該如何說明才好啊。

她說要是我說謊的話，那個鈴就會響是吧——

「我的籍貫是日本，在那裡的時候是學生。」

——**叮鈴**。

我說的話讓那個鈴響了……喂，我可沒說謊啊。

原本敲著桌面的瑟娜停下手的動作，皺起眉頭。

「……寫下來，謊報籍貫及經歷……」

聽瑟娜這麼說，負責寫筆錄的騎士開始動筆。

「等一下！我又沒有說謊！」

——**叮鈴**。是怎樣啦！為什麼會響！

我確實來自日本，也是學生……！是……學……生……

「……我的籍貫是日本。那時每天都窩在家裡，過著自甘墮落的生活。」

我重新回答了一次，於是瑟娜盯著那個鈴看。

我也一樣盯著鈴看。

——這次沒響。

「……為什麼要打腫臉充胖子謊稱自己是學生啊？」

「我才沒有打腫臉充胖子……嗚嗚……算了……」

可惡，我討厭那個魔道具——！

「我沒聽過日本這個地名呢……不過，現在先不管這個了。那麼，接下來，請你說出當冒險者的動機。」

「為了拯救受到魔王軍欺凌的百姓，並且將魔王……」

——叮鈴。

「…………」

「……因為冒險者好像很帥氣，感覺還可以輕鬆賺大錢，也想藉此受到美少女青睞。」

「……很、很好。那麼，下一個問題。你對領主大人有沒有怨恨？聽說在債務落到你頭上的時候，你在很多地方都抱怨過這件事情。」

「原則上，那是因為討伐了無頭騎士而拿到的高額獎金，跟城鎮的修繕費用扣除之後還不夠抵銷，才會變成負債。雖然是為了保護城鎮，但卻因此而破壞了城鎮就沒意義了，所以我很能欣然接受。」

——叮鈴。

「…………」

「老實說，我是用類似這樣的說詞說服了氣憤的同伴，但要說真心話的話，他居然這樣對待救了城鎮的英雄，讓我很想宰了他。」

「這、這樣啊。那麼，接下來……」

「不好意思……我可以說句話嗎？」

我打斷了儘管有點反感但還是想繼續問下去的瑟娜，然後說：

「妳要不要乾脆提出最直接的問題啊？像是『你是不是魔王軍的手下？』，或者『是不是因為對領主懷恨在心，才做出那樣的指示？』之類。我已經說過好幾次了，我只是做出請人施展隨機瞬間移動的指示而已，並不是刻意要針對領主本人，我也完全沒想過事情會變成這樣。而之所以做出那樣的指示，也是為了要拯救城鎮。我是說真的喔。」

瑟娜一邊聽我這麼說，一邊盯著鈴看。

——鈴當然沒響。

確認了這件事情之後，瑟娜重重嘆了口氣。

「……看來是我弄錯了。關於你這個人，我聽到的都淨是些不好的傳聞，所以才……真是非常抱歉……」

瑟娜的態度突然轉變，語氣也變得謙和有禮許多，還對我深深低下了頭。

我想，之前的說話方式都是面對罪犯用的，現在的說話方式才是平常的她吧。

既然已經洗清嫌疑，我決定把握這個好機會，於是說：

「真是的，居然不經查證就聽信謠言、懷疑別人，妳這個檢察官怎麼當的啊！」

「唔……不、不好意思，真的非常抱歉……」

在瑟娜不斷低頭道歉時，我又說：

「妳知不知道我立下多少功績啊？不但在討伐魔王軍幹部貝爾迪亞時是貢獻最多的人，在對抗機動要塞毀滅者的戰鬥中更是負責指揮，以精采的表現破壞了無人能敵的機動要塞！面對這樣的我，居然連聲道謝也沒有，就只會不斷指責！」

我整個人往後靠到連椅背都發出聲音來，也基於被拘留了一個晚上的怨恨，便對瑟娜咄咄逼人了起來。

「不不、不好意思，我也只是因為工作……！我當然知道佐藤先生的功績，但是……」

「但是？但是什麼？話說回來，現在嫌疑都已經釐清了，連杯茶也不會端出來嗎？這個警局是怎樣啊！不然端個豬排蓋飯來也行啊！」

「豬、豬排蓋飯？不好意思，我們這裡沒有那種東西……我立刻去端茶過來……」

這麼說著，瑟娜連忙離開房間，泡好茶端了過來。

我喝了一口……！

「太溫了！這裡的檢察官連一杯茶都泡不好啊！再加上那種凶巴巴的態度，我看妳啊，八成連一個男朋友也沒有吧？反正剛好有這個魔道具，那就換我來問問看好了。妳身邊有沒有男人啊？」

「沒有。」

瑟娜面無表情地盯著我看，斬釘截鐵地說：

「沒有。是的，就是因為我這樣的個性，害我就算到了這個歲數還是沒交過男朋友。這樣你滿意了嗎？我勸你別太過分喔。」

「對不起。」

看著響也不響的鈴，我一時害怕了起來並道了歉。

「這麼說來，不好的傳聞到底是傳成怎樣啊？就其他冒險者昨天提過的那些？」

「那、那個……除了那些以外，還聽說你在大庭廣眾之下脫掉同行的一個小女孩的內褲、在浴室硬逼和你住在一個屋簷下的十字騎士幫你洗背、嫌祭司礙手礙腳就想把人家丟在地城裡自己離開，全都是些讓人懷疑你的人品的謠言——」

……………

發現我整個人動也不動，瑟娜以懷疑的眼神看著我。

「……那些都只是謠言吧？」

「是謠言。」

——叮鈴。

瑟娜的表情又換回原本冷酷的撲克臉，然後說：

「……那些是你們小隊裡的問題，我不會做任何評論。不過，你知道自己在街頭巷尾的諢名是什麼嗎？像是人渣真、垃圾真之類——」

「太、太過分了！到底是誰，是哪個傢伙取這種綽號啦！」

不過，她說的都是我心裡有數的事情，完全無法反駁！

看著這樣的我，瑟娜嘆了口氣，然後……

「真是的。為求謹慎，我再問你一次好了。你真的不是跟魔王軍有關係的人，對吧？像是和魔王軍的幹部有所往來之類，完全沒有這種……」

「完全沒有這種事啦，我看起來像是那麼了不起的──」

──**叮鈴**。

後面的「男人嗎」幾個字都還沒說完。

我這才發現自己犯下了一個非常要不得的失誤。

聽著在偵訊室裡迴響的鈴聲。

我想起了維茲是魔王軍的幹部。

5

「喂，飯太少啦！給我吃更有油水的東西啊！這是誰煮的啊！給我叫老闆娘來──！」

我因為犯下嚴重的疏失而消沉不已，而身邊的小混混正在大吵大鬧。

吃霸王餐被逮捕的男人正在對免錢的飯菜挑三揀四。

也許，我也該活得像這個男人一樣這麼厚臉皮才對。

……雖然我不太想墮落到這種程度。

「喂，和真，別這麼沮喪啦，我上法庭的次數用兩隻手的手指也數不完呢。出來混冒險者的人，沒上過一次警局就不能算是獨當一面。我和你明天都得出庭，既然如此，今天就該吃好吃的東西，好好休息。接下來我會讓你吃到更美味的食物喔！這裡的警員都很怕麻煩，只要稍微吵一下，他們就會拿很多東西過來啦。」

說著，達斯特再次以傳遍整個警察局的聲量開始抱怨。

最後，警員們跑來叫達斯特別太得寸進尺，並圍毆了他一頓之後，達斯特就沒能力再鬧而安靜了下來，我也就在他身邊為了因應明天而入睡。

——然後，到了深夜。我又和昨晚一樣，被同樣的輕微震動和遠方傳來的爆炸聲吵醒。

我猛然坐了起來，果然又聽見了阿克婭的低語。

「和真！喂，和真，快醒來！」

聽見她的聲音，我也悄悄貼到窗戶下面說：

「妳又來了喔。昨天後來怎麼樣了？大家都沒事嗎？」

「惠惠和達克妮絲都說在回來的路上應該沒有被任何人看見才對，但不知道為什麼完全被當成爆炸案的犯人給盯上了。這個世界的搜查能力真是不能小覷啊。不過沒關係，我今天硬是要兩人戴上她們最討厭的頭套，這下應該就不會被查到了才對。」

這無論怎麼想，問題都不是出在犯案的時候有沒有被人看見，而是在這個鎮上會用爆裂魔法的人相當有限吧。

「先別說這些了，昨天我一直等你，怎麼沒有逃出來啊？我等到頭上都積雪了，還被警察盤問了好幾次，有夠慘耶。」

「鎖頭不是用鑰匙的掛鎖，而是轉盤式的。再說了，我是個沒有開鎖技能的超級門外漢耶，用鐵絲怎麼可能開得了鎖啊？」

聽我這麼說，阿克婭沉默了半晌。

「……………算他們厲害，沒想到他們防範越獄的措施這麼完善。」

「不過就是個轉盤式的數字鎖而已吧。更重要的是，妳打算要怎麼做啊？如果今天晚上沒能設法逃出去的話，明天好像就要上法庭了耶。」

聽我這麼說，阿克婭哼笑了兩聲，聽起來相當有自信。

這個傢伙那種毫無根據的自信，到底都是從哪裡冒出來的啊？

「昨天是因為那種手段太拐彎抹角了。我今天準備了兩把線鋸，現在就丟其中一把過去你那邊喔。」

……線鋸？

「……妳該不會是要我用那個把窗戶的鐵欄杆鋸開，然後逃出去吧？」

「你很清楚嘛。期限只到早上喔，沒時間了，動作快！」

說完，阿克婭就從鐵欄杆間的空隙丟了一把線鋸進來。

原來如此，兩個人一起鋸的話，確實是可以加快鋸開的速度。

但問題是——

「……從我這邊的話，窗戶的位置很高，根本鋸不到啊。」

大概是為了防止逃跑吧，窗戶的位置設在很高的地方，我跳起來都還搆不著。

「放心啦，我又不是笨蛋，這種事情我早就設想好了。我還準備了踏腳凳，你用這個就可以跟我一起鋸了。一個人鋸的話大概來不及，不過兩個人一起就總是會有辦法啦。」

原來如此。

「那妳要怎麼把踏腳凳弄到裡面來？從鐵欄杆之間塞得進來嗎？」

對於我這個單純的問題，阿克婭沉默了半晌。

「…………等我一下。」

留下這句話之後，阿克婭就跑到別的地方去了。

過了一會兒——

「不是啦，這個是那個……是和真的必需品，非得送進去給他不可……」

「我從來沒聽過有人送這種東西進牢房啊。話說回來，妳又為什麼會在這種時間……」

遠方傳來了阿克婭的聲音。

看來是想拜託警員把東西送進來給我。

或許我也該稍微效法一下那個笨蛋這種積極的部分吧。

聽著阿克婭在遠方和警員爭執的聲音，很神奇地，讓我對於明天要接受審判這件事情，不會再感到不安了。

——為了湮滅證據，我當然先將線鋸丟出窗外，然後裹起毛毯就寢。

6

這個世界的審判非常單純。檢察官會收集證據，然後由辯護人加以反駁。

法官認為被告確實有嫌疑的話，就會判刑。

這個世界沒有律師這種職業，是由被告的親朋好友負責辯護。

建築物的構造和日本的法院幾乎沒什麼兩樣，戴上手銬的被告和辯護人一起站在法庭中央，法官、檢察官、原告則是坐在隔了一段距離的對面。

而現在——

「你不用那麼緊張啦。放心，有我們陪你。」

惠惠對著緊張到全身僵硬的我這麼說，試圖讓我安心。

——沒錯。

站在我身邊的是我的辯護人，也就是我的小隊成員們。

事情為什麼會演變至此呢？

坐在檢察官座位上的，是以冰冷的視線看著難掩緊張的我的瑟娜。

「沒問題，請包在我身上。紅魔族的智力非常高，我會把那個檢察官辯到哭出來。」

在我右邊做出如此可靠的發言的，是我的辯護人，惠惠。

「放心吧，要是事態真的演變到無法挽救的地步，我會想辦法幫你解決。關於這次的事情，你一點錯也沒有。」

站在我左邊的達克妮絲也跟著這麼說。

好可靠，聽起來真是太可靠了……但是——

「總之，就交給本小姐吧！身為神職人員的我，說出來的話都非常具有說服力！全都交給我就對啦！」

沒錯，問題就出在這個傢伙身上。我把阿克婭叫過來，貼到她耳邊說：

「聽好了，阿克婭。算我拜託妳了，這次妳千萬別說話。只要在審判結束之前妳都乖乖保持安靜，我就買霜降紅蟹給妳吃。」

「你在說什麼傻話啊？要是和真被判坐牢或是死刑，就連買螃蟹給我吃也辦不到啊。放心吧，我們之中最熟悉律師工作的就是我了。和真也很喜歡打電動對吧？你有沒有聽過在日本很多人玩的『你轉裁判』和『槍饅辯駁』？我可都玩過喔。」

「這樣啊，光是聽妳這個回答我就懂了。算我求妳，千萬別開口。」

對於我的強烈請求，阿克婭只是不爽地別過頭。

這個混帳東西————！

——一位看似法官的中年男子，拿起木槌在桌子上敲了一下。

「肅靜！現在開始審判涉嫌犯下顛覆國家罪的被告，佐藤和真！原告為亞歷克賽·巴聶斯·阿爾達普！」

隨著法官如此呼喚，一名肥胖的男子站了起來。

男子頗為高大，頂上無毛又閃著油光，是個體型壯碩、體毛又多的中年男子。

這個人就是告我的領主啊。

阿爾達普領主瞪著我，像是在端看價值一般打量了一番，然後以好色又黏膩的視線，接著看向了站在我身邊的三人。

領主仔細看遍阿克婭和惠惠身上每一個地方之後，將視線轉到達克妮絲身上……

然後，他不知為何露出一臉驚訝的表情，僵在那裡。

「吶、吶，那個體型龐大的大叔盯著我們猛瞧是怎樣，讓我感覺到某種邪惡的氣息耶。我好想過去戳瞎他喔。」

「算我拜託妳，千萬別這麼做，別惹出更多麻煩來好嗎……應該說，他是不是從剛才開始就一直盯著達克妮絲看啊？」

「他確實在看她呢，還看得超久。應該說，他的眼神就像和真看著穿得很清涼、在豪宅裡晃來晃去的達克妮絲的時候一模一樣。」

「嗚、喂，別亂說啊。我我、我才沒有用那種眼神看達克妮絲……」

正當我驚慌失措地試圖辯解並且看向達克妮絲時，發現她也是一直盯著領主。

「……達克妮絲，妳怎麼了？很在意那個大叔的視線嗎？」

「……嗯，沒事，不是這樣……總之，晚點再告訴你們。」

達克妮絲的模樣看起來不太對勁，不過我也沒空理會她了，因為木槌再次落在桌子上。

「肅靜！開庭時請勿閒聊。那麼，檢察官請上前！這裡有這個魔道具，所以在法庭上說謊也會立刻被揭穿，發言前請將此點銘記在心。」

法官在宣言的同時再次揮落木槌，瑟娜便跟著站了起來。

「那麼，我要宣讀起訴書……被告，佐藤和真，在機動要塞毀滅者襲擊此處時，和其他冒險者一同將其討伐。行動時做出指示，以瞬間移動魔法傳送即將爆炸的日冕礦石。傳送出去的日冕礦石移動到被害人的宅邸之後爆炸。被害人，阿爾達普大人的宅邸就此消失，現在，阿爾達普大人被迫在這個城鎮的旅店訂房度日。」

在瑟娜宣讀的時候，受害的領主本人還是緊緊盯著達克妮絲。

「要以瞬間移動魔法傳送怪物、毒品、危險藥物、爆裂物之類的東西時，不得使用隨機瞬間移動。這點在法律當中有明文規定禁止，故被告所指示之行為抵觸相關法令；另外，威脅到居於領主地位者的性命，乃是足以撼動國家的事件。因此，檢方請求，被告應適用顛覆國家罪！」

「我反對！」

事情就發生在瑟娜宣讀完畢的同時。

我身旁的阿克婭站上前去，舉起一隻手，放聲如此大叫。

「現在還不是辯護人的陳述時間。發言時必須先請求許可才能發言……不過妳應該是第一次出庭，這次本席就先不計較了……辯護人，請發言。」

在法官的催促之下，阿克婭一臉滿足地搖搖頭說：

「我只是想說『我反對』而已，沒關係。」

「辯護人只准在辯護的時候開口！」

這個白痴，我真的很想一巴掌打下去。

開始沒多久就挨法官罵的阿克婭看起來好像真的很滿足，並乖乖退回到我身邊來。

氣勢被削弱的瑟娜顯得還有點慌亂。

「……呃，我要說的只有這些。總之就是要請求以顛覆國家罪適用被告佐藤和真……」

瑟娜說完之後，坐回位子上，而法官見狀便說：

「接下來，本席允許被告及辯護人發言。那麼，請陳述！」

「——就像這樣，能夠打倒魔王軍的幹部貝爾迪亞，還有討伐毀滅者，都是因為我的活躍。我對這個城鎮如此貢獻良多，卻說我企圖顛覆國家，這未免也太奇怪了。不如說，我覺得大家應該要更讚揚我才對！」

在法官的催促之下，我在法庭中央暢所欲言。

闡述自己在對付貝爾迪亞的時候有多帥氣。

強調自己在對付機動要塞毀滅者時的運籌帷幄有多麼完善。

途中，法官盯著測謊的魔道具鈴看了好幾次，不過我一點都不在意。

我只是多少有點誇大其詞，應該沒有任何虛偽之言才對。

「夠、夠了，被告的主張本席已經非常了解。那麼，檢察官。為何被告應適用顛覆國家罪，請提出證據。」

法官一臉厭倦地催促瑟娜提出證據，她便對一旁的一名騎士比了個手勢。

見狀，騎士便走向法院的等待室，同時瑟娜拿起一張紙，開始宣讀。

「那麼，接下來檢方將開始提出證據，證明被告是企圖顛覆國家的恐怖分子，或者是魔王軍的關係人。證人請上前！」

在瑟娜的號令之下，騎士帶著證人們來到法庭上。他們幾乎都是冒險者。

應該說——

「啊哈哈哈……我被叫來了耶……」

第一個就是看著我，並一臉困擾地抓了抓臉上刀疤的克莉絲。

以盜賊克莉絲為首，被叫來當證人的，幾乎都是些熟面孔。

7

這個狀況非常不妙。

「也就是說，被告在眾目睽睽之下，對克莉絲小姐使用『Steal』，脫下了妳的內褲。是這樣子沒有錯吧？」

「呃——是、是沒有錯啦！可是，那應該算是意外！」

「只需要確認此事屬實就夠了，謝謝證人。」

「咦咦！不，等一下！我都已經不在意那件事情了……！」

瑟娜迅速結束詰問，將克莉絲趕出法庭。

其他證人也都相當麻煩啊……

以前魔劍被我搶走，還被我拿去賣掉，和我一樣是來自日本的劍術大師御劍，帶著兩名跟班一起走上前來。

「御劍先生。聽說，你的魔劍遭到被告搶奪及變賣。然後，那兩位小姐在找被告要取回魔劍時，被告在大庭廣眾之下威脅要脫下兩位的內褲，是嗎？」

「是、是啦，妳說的沒錯。不過，那件事的起因是我主動挑釁……」

「沒錯沒錯，他威脅我們！說『我可是真正的男女平等主義者，即使是對付女生也敢用飛彈踢』什麼的！」

「就是說啊！還說『既然是要對付女生，小心我就用「Steal」在大庭廣眾之下讓妳們好看』之類的！」

御劍的兩個跟班打斷了他要說的話，趁著這個機會報復之前威脅她們的我。

那兩個跟班大概是真的非常恨我吧，視線只要一和我對上就吐出舌頭來。

嗚嗚……法官和在場所有人的視線都刺得我好痛啊……

御劍他們退庭之後，不知為何，被叫來當證人的竟然是達斯特。

我不記得有對這個傢伙做過什麼壞事啊。

我沒記錯的話，交換隊伍也是達斯特提出來的吧。

在達斯特和善地對我打招呼時，瑟娜說：

「這個男人是下一場審判的被告。我想庭上應該也對他相當熟悉，他是個一天到晚惹事生非，動不動就被起訴的小混混。」

「喂、混帳，是妳在我等著出庭的時候突然叫我，我才過來的耶，現在倒是損起我來啦！是不是想要我揉妳那對大奶子啊喂！」

瑟娜那番話讓容易被激怒的達斯特立刻發飆。

正當法官因為達斯特低俗的發言而皺起眉頭時，瑟娜指著我說：

「達斯特先生，我聽說你和那位佐藤和真的關係相當密切。請問有沒有錯？」

「怎麼可能有錯。咱們是拜把的、是摯友呢，也是經常一起喝酒的好伙伴啊。」

瑟娜聽了，轉身面向我說：

「佐藤和真先生，你和這個素行不良的小混混是摯友對吧？」

「只是彼此認識而已。」

「喂——！和真！」

達斯特如此大叫，但在法官和瑟娜的看顧之下，鈴並沒有響。

「原、原來如此，請恕我失禮。我原本是想要提出，和你來往的友人都是些素行不良的人物，這樣的主張……」

「沒關係啦，反正我和他彼此認識也的確是事實。」

「和真——！我們的關係就只有這麼淺薄嗎——！」

在騎士拖著那個大呼小叫的小混混退庭的同時，瑟娜轉身面向法官。

「雖然最後一位是不勝任的證人，不過剛才出庭的證人們的證詞應該足以顯示出被告的人品才對。而且，被告對被害人也是懷恨在心。根據以上事項，被告很有可能不是用隨機瞬間移動，而是以普通的瞬間移動將日冕礦石傳送到被害人的宅邸，並偽裝成意外——」

瑟娜以這種欲加之罪刁難我。

「那些根本算不上是證據啊！我承認和真的個性很扭曲，但話雖如此，被冠上這種欲加之罪誰能接受啊！請拿出更具體的根據來！再說，這場審判也太奇怪了！一切的一切都太過牽強，你們都不覺得有什麼不對勁的地方嗎？」

「辯護人請節制發言，發言前必須先得到許可！」

「證據是吧？很好，那我就拿出更確切的根據來好了！這些根據足以顯示，那個男人是企圖破壞城鎮的恐怖分子，或是魔王軍的手下！」

見惠惠激動了起來，瑟娜便拿起一張紙開始宣讀。

「第一！冒險者佐藤和真所率領的隊伍一行人，在對抗魔王軍的幹部，貝爾迪亞一戰之中，結果論來說雖然是打倒了魔王的手下，卻在城鎮當中召喚了大量的水，造成洪水在鎮上氾濫成災，釀成嚴重損害——」

阿克婭使勁地抖了一下。

「第二！在公共墓地張設巨大結界，使墓地的惡靈流離失所，在鎮上引發騷動——」

我抓著摀起耳朵轉向後方的阿克婭的雙手，將她的手從耳朵上拉開，讓她好好聽清楚檢察官的陳述，結果……

「成天在城鎮附近施放爆裂魔法，改變了城鎮附近的地形和生態，這幾天甚至還在深夜

時分，在距離城鎮不遠之處施放，使得鎮民在半夜被驚醒——」

接著就連惠惠也摀起耳朵，轉過頭去。

這些辯護人也太沒用了！

「喂，慢著，太奇怪了太奇怪了！這怎麼想都很奇怪啊！剛才列舉出來的，都是一些和我無關的事情啊！不，那些確實是我的小隊的成員闖出來的禍！但應該拿些和我有關的根據出來才對吧！」

就像是在回應我的吶喊一般。

「然後，目擊情報指出，被告會使用只有不死族能夠使用的技能『Drain Touch』。如果你不是魔王軍的關係人，請說明自己為何能夠使用『Drain Touch』——即使你摀起耳朵也不能當作沒發生過！」

瑟娜指著和阿克婭還有惠惠一起摀住耳朵的我如此大喊。

保持緘默！我要行使緘默權！

「然後，最大的根據就是……在警局內進行偵訊時，我問過你有沒有和魔王軍成員來往。當時，你說了沒有來往，然而魔道具卻檢測到了謊言。這正是最好的證據吧！」

糟糕了糟糕了糟糕了——！

我終於無計可施、無言以對，而就在這個時候。

駁倒

「——才不是那樣呢。」

充滿自信的這道聲音，出乎意料的，是出自於阿克婭。

沒想到這個傢伙會是這種關鍵時刻的王牌……！

「阿克婭，快告訴他們！快提出妳決定性的證據，證明我是無辜的！」

「啥？怎麼可能有那種東西啊，我只是單純也想說說看這句台詞而已。」

「請那位辯護人退庭！」

「不好意思！我的辯護人真的很對不起各位！」

「啊啊啊啊啊好痛好痛，會痛啦！」

我一把抓住阿克婭的太陽穴用力捏緊，同時拚命道歉。

混帳，這個該死的白痴————！

這時，有人似乎是不想再陪我們繼續鬧下去了。

「夠了吧！那個傢伙肯定和魔王軍有關！是他們的爪牙！他可是將爆裂物傳送到老夫的宅邸去了啊！殺了他！判他死刑！」

至今原本一直沒有說話的被害人，阿爾達普領主，突然間站了起來，指著不知該如何回答的我怒聲叱喝。

幹的好啊大叔，這是個好機會！

「不是，我和魔王軍無關！也不是恐怖分子！害我背債確實是讓我很火大，也讓我懷恨在心，但儘管如此，我並不是故意將日冕礦石送過去的！聽好了，你們仔細看著魔道具！我要說了！我並不是魔王軍的爪牙，我和他們一點關係也沒有！」

我這番話並沒有讓鈴響起來，領主見狀也為之語塞。

瑟娜看見這一幕，也皺起眉頭，並咬住了下唇。

如果說以魔道具為輔進行偵訊的結果能夠當成證據的話，像現在這樣，我的話語沒有讓魔道具產生反應，自然也是一種證據。

身為被害人的領主的一句話，反而幫我脫離了困境。

法官緩緩搖了搖頭。

「以魔道具測謊的結果，總會像是這樣，相當曖昧不清。檢察官的主張是以魔道具的反應為理由，照這樣看來，本席無法承認該證據的效力，無論如何，憑據都實在是太過薄弱了。因此，被告，佐藤和真。本席認定你的犯罪嫌疑不足——」

就在法官即將做出判決的那一刻。

「老夫再說一次。那傢伙和魔王軍有關，是魔王軍的爪牙。快判處那個男人死刑。」

依然站著的領主，又說了一次這樣的話。

對此，這次輪到瑟娜說：

「不，這次的事件當中沒有任何人員傷亡，再怎麼說也沒有嚴重到要求處死刑……」

她一對領主這麼說，領主便盯著她一直看。

「…………不，沒錯。確實是求處死刑最為恰當……吧？」

──咦！

「喂、喂，等一下！太奇怪了，這樣太奇怪了吧！」

「沒錯，剛才那是怎樣！檢察官的發言一直變來變去的是怎麼回事！」

我和惠惠如此抗議，而瑟娜本人的反應也很奇怪，明明是從她口中說出來的話，但不知為何，她自己也是一臉困惑地歪著頭。

就在這個時候，阿克婭突然指著法官、瑟娜、領主說：

「我感覺到一股邪佞之力！看來在這些人當中，有誰試圖想用邪惡的力量扭曲事實！」

阿克婭這番匪夷所思的發言，讓法庭陷入一片寂靜。

然而，或許是因為她之前說過的話都太過白痴了吧，眾人看著阿克婭的視線，都帶著幾

分狐疑就是了。

此時所有人都看向魔道具，但發現鈴並沒有響起時，現場的氣氛瞬間轉變。

阿克婭的職業是大祭司，屬於神職人員。

或許是認為這樣的她所說的話具有公信力吧，法官的臉色驟變。

「邪惡的力量……妳是說，有人試圖以不正當的手段，影響神聖的審判？」

「是啊，沒錯。本小姐的眼睛，可是比那種魔道具還要精準多了！實不相瞞，我正是在這個世界擁有一千萬名信眾的水之女神！阿克婭女神！」

——叮鈴。

阿克婭的這番宣言，讓清脆鈴聲響徹一片寂靜的法庭。

「為什麼啦——！等一下，我又沒說謊——！」

「被告請慎選辯護人。」

「不好意思，我會超級認真反省。」

不受信任的阿克婭還在嚷嚷，惠惠則是正在安撫她；這時，不知為何，領主緊咬嘴唇，一臉蒼白地一直盯著阿克婭看。

「我知道了，一定是我有點太虛榮了。魔道具之所以認為我的發言是謊言，一定是因為信徒的人數！說有一千萬名信眾確實太誇張了些，早知道說個九百八十萬左右就好了。」

聽阿克婭在後面這麼碎碎唸，我原本很想吐嘈說妳的信眾八成連一千名也不到吧。但現在實在不是可以這麼做的時候，因為法官隨時會下判決。

法官清了清喉嚨。

「……被告，佐藤和真。有鑑於你一直以來反覆做出非人道的不當行為，以及明顯破壞鎮上治安的反社會行為……」

他開始說起和剛才對我說到一半的判決文完全不同的內容。

「本席認定檢察官之求刑恰當。被告有罪，因此——」

咦！

「——判處，死刑。」

8

「太奇怪了吧————！不，等等，給我等一下！這麼草率的審判是怎樣！給我拿出更證據確鑿一點的東西出來啊！用這麼亂七八糟的方式隨便判人死刑，我看你們是腦袋有問題吧！」

「被告！請被告謹言慎行！」

「和真說的沒錯，太奇怪了，這樣絕對很奇怪。沒錯，和真確實是對於因洪水受損的修繕而背債耿耿於懷，有事沒事就會出來抱怨，也對領主懷恨在心，我也認為這個人總有一天可能會捅出什麼婁子來，但儘管如此，他還是沒有那個膽量將日冕礦石送過去啦！」

妳這個人真的是，到底是想為我辯護還是妨礙我，說清楚好嗎！

正當我想辦法讓阿克婭閉嘴的時候，惠惠拿下眼罩說：

「很好，你們這麼想把和真當作恐怖分子的話，就由我來讓你們見識見識什麼是真正的恐怖分子……啊，你們要幹嘛！放開我！」

見惠惠的紅色眼睛開始發光，警衛們連忙壓制住她。

「吶——！這樣果然很奇怪吧！太奇怪了！我這雙清澄至極的眼睛，能夠看見法院裡瀰漫著邪惡的空氣，看得一清二楚！你們等著，我現在就淨化這陣空氣……啊！我又不是要用什麼奇怪的魔法，不要妨礙我啦！」

「法院內禁止使用任何魔法！否則會干擾到測謊用的魔道具！」

「夠了，將她們兩個人帶到別的地方去！」

瑟娜也站了起來，指示警衛將惠惠和阿克婭帶出去。

「肅靜！肅靜！…………就叫妳們肅靜了！」

法官的理智線終於斷裂，一面怒吼一面將木槌丟了出來。

警衛將惠惠和阿克婭拖出了法庭，就在這個時候。

「——法官大人，請看這個。」

至今一直都沒有說話，默不作聲的達克妮絲，好像從胸口拿出了個什麼來。

那是一條材質看起來很高貴，還帶著某種徽紋的墜鍊。

我不知道那是什麼，不過對法庭裡的人來說，好像是大家都知道的東西。

「那、那是……！妳、妳是……」

法官驚訝得站了起來，瞪大了眼睛看著墜鍊。

在眾人的注視之下，達克妮絲輕聲開了口。

「不好意思，看在我的面子上，這場審判能不能暫緩一段時間呢？我不是要檢方當作這個案子不存在。只要給我時間，我一定會證明這個男人不是魔王軍的爪牙，是清白的。同時，我也會叫他賠償領主的宅邸。」

瑟娜和法官凝視著達克妮絲拿出來的徽紋，兩人都僵直了身體。

在這樣的狀況下，只有領主一個人，儘管有些退縮仍出聲抗議。

「這……！可、可是，就算是妳的請求……！」

「阿爾達普。你身為被害人，這可以算是我欠你一個人情了吧。只要在我辦得到的範圍內，我可以答應你做任何一件事情。我不是要你撤銷告訴，只是希望你可以等一段時間。」

聽達克妮絲這麼說，站在原地的領主吞了吞口水。

「任何事情……！任任、任何事情……！」

「沒錯，任何事情。」

聽了達克妮絲這番話，領主的眼睛一亮，並色瞇瞇地看著達克妮絲的身體。

然後，他坐回椅子上說：

「好吧，既然是妳的請求，我就給那個男人一段時間好了。」

——獲釋離開法院的我，問了跟在身後的達克妮絲：

「剛才是怎樣？應該說，妳認識那個名叫阿爾達普的大叔嗎？」

「……算是吧。他從我年紀還小的時候，就一直對我有種非常偏執的執著。自從他的夫人過世之後，好幾次對我提出結婚的請求。不過，家父每次都以年齡差距為由而拒絕。」

太恐怖了吧，非常偏執的執著是怎樣。

「妳、妳要不要緊啊，答應那種人做任何事情不會被怎樣嗎？那個大叔看著妳的時候，眼神非常不妙喔，他搞不好會要求什麼很過分的事情耶。」

「…………很、很過分的事情……」

「妳、妳這個傢伙……把我的擔心還來……」

在因為某個臉頰泛紅、呼吸急促的變態而覺得反感之餘，我帶著達克妮絲前去迎接遭到拘留的阿克婭和惠惠。

9

——經過達克妮絲的交涉，法院命令了我兩件事情。

第一件事情是要證明我並非魔王軍的爪牙。

然後第二件事情，就是要賠償領主的宅邸。

為了設法攢錢，我帶著阿克婭，來到維茲的店。

其實我原本說要自己一個人來，但阿克婭一直纏著我不放。

「我很明白和真的想法！這次會碰上這種麻煩，追根究柢都是因為那個不死怪物凸鎚，事情才會鬧成這樣。你是打算去搶走她的店來抵債對吧！」

完全不明白任何事情的阿克婭，在店門前氣勢洶洶地說：

「給我出來吧，妳這個不死怪物！本小姐來送妳升天了！」

她一面喊著這種蠢話，一面踹開維茲的店門。

「怎、怎麼了？搶匪？黑道？……噫——！是、是阿克婭大人！」

不知為何，阿克婭比搶匪和黑道還更令維茲害怕。

晚一步走進店裡的我，找上因阿克婭的突襲而畏懼不已的維茲，先向她說了審判結果。

「這樣啊……首先還是恭喜你平安獲釋！真的是很不好意思啊，和真先生。追根究柢，事情明明就是因為我以瞬間移動魔法傳送了那顆礦石所引起……」

「沒錯沒錯，妳明白就好，明白的話就嗚咕……！」

「不用放在心上啦。當時要是沒有維茲的話，我們全都不可能沒事。雖然炸毀了領主的宅邸，但好像也沒有人受傷的樣子。再來就只要向瑟娜證明我不是魔王軍的手下，就可以洗刷我的嫌疑了。不過，剩下的問題就是要籌到足以重建領主的宅邸的錢啊。」

阿克婭不知道想胡扯些什麼，才說到一半我就堵住了她的嘴，並且對維茲這麼說；而維茲聽了，也放心地鬆了口氣。

「原來如此，至少先爭取到一些時間了呢。可是，錢的問題啊……我也很想設法幫你的忙，無奈我的店也是賠本生意，手邊沒什麼錢……我還在魔王軍的時候有個朋友，他非常會賺錢，卻是個陰晴不定的人，我也搞不懂他在想什麼……如果有什麼是我能夠幫得上忙的地方就好了呢……」

維茲一臉傷腦筋地這麼說，在櫃檯後面苦思了起來。

「不，其實我來就是因為有事情想拜託妳。」

「沒錯，我們想拜託妳的事情沒有別的，就是要妳立地成佛！」

我沒有理會胡言亂語的阿克婭，找維茲商量了起來。

說穿了，原本就已經背了債，手上並沒有本錢的我，根本不可能輕易籌到足以重建領主宅邸的錢。

既然如此，或許我應該就要將之前稍微想過的計畫付諸行動才對……

這個世界的文明水準比地球還落後，無法使用「Tinder」的人所使用的依然是打火石。

要是在這種世界賣起打火機的話，應該會狂銷大熱賣才對。

再說了，關於製造這種精細的東西所需要的技能我也心裡有數。

不過，即使我隨手做了什麼東西出來，也不可能有哪間店突然就願意讓我擺在裡頭賣。

所以我想找維茲商量，看能不能在她的店面找個一小塊閒置的空間，讓我擺放做好的商品，賣一陣子看看。

——我向維茲說明整件事情的來龍去脈。

我說，我會製造某種方便的道具，如果可以的話能不能擺在她的店裡。

要是賣出去的話，當然也會將部分利潤支付給維茲的店。

我還說，可以先看過我做出來的東西之後，再決定要不要讓我寄賣。

「靠冒險者的工作無法輕鬆賺錢，這件事情我已經很清楚了。既然如此，就只能做點生意來賺……而我能夠突然拜託這種事的人，也只有維茲了。」

「換句話說，和真想說的是，今後這家店就由我們來經營，所以快點把店面的權狀給……痛死我了！」

我以匕首的柄頭往吵個不停的阿克婭的後腦勺上敲了一下讓她閉嘴，然後對維茲低下頭，誠心請求。

儘管害怕著在店裡的地上抱頭打滾的阿克婭，維茲仍然帶著溫柔的微笑說：

「如果是這種事情的話，當然沒問題。商品變多反而是如我所願呢。畢竟我的店原本就也不是什麼生意興隆的地方……而且，既然是要給領主先生的宅邸的賠償，那和我也不能說是沒有關係的事情……雖然不知道你想賣什麼，不過我很期待喔，和真先生。」

見維茲嫣然一笑，爽快地答應，我也不禁笑了開來。

要是沒有那個在店裡的地板上滾來滾去的東西，氣氛應該會更好才對。

……這時，維茲的表情蒙上了些許陰霾。

她的臉上寫滿猶豫，像是有什麼事不知道該不該告訴我似地。

「……？怎麼了？有什麼讓妳介意的事情就要跟我說喔，我並沒有要強求妳的意思，所以要是有什麼讓妳掛心的事……」

聽我這麼說，維茲連忙揮手否認。

「不、不是那樣！那個，和真先生說要製作商品擺在我的店裡，對我而言也是件很值得感激的事情！是跟這個無關，而是……關於阿克婭大人……」

說著，維茲一臉傷腦筋地支吾其詞了起來。

「……？這個傢伙怎麼了嗎？喔喔，要是以後我在這裡擺了商品，阿克婭就會不時跑過來，這點讓妳很困擾嗎？如果妳害怕這個傢伙的話，我會叫她盡量別來這裡。」

別看阿克婭這樣，她姑且也算是個女神。

維茲身為不死者，這應該讓她相當坐立不安吧。

「……不、不是，也不是這樣……阿克婭大人要來是無所謂，只是她每次來這裡，都會找上店裡的客人，說這裡的商品全都是那個女老闆透過一些讓人說不出口的製造方式做出來的，還是別買比較好……」

「喂，這是怎麼回事。」

聽我壓低聲音逼問，阿克婭抱著頭在地板上抖了一下。

「沒、沒關係！這件事也不需要追究了！不知道為什麼，很神奇的是在那之後，在我的店裡聖水之類的商品意外引起男性冒險者大肆搶購，所以這件事也就……」

現在該說能夠熱賣真是太好了嗎……

但話說回來，巫妖賣聖水沒問題嗎？

而且，再說了，各種層面的意義來講，這個鎮上的冒險者真的沒問題嗎？

「更重要的是……阿克婭大人會在我的店裡到處摸商品，所以咒術用的藥品和用在死靈法術的祕藥全都遭到淨化，必須就此報廢的商品相當多……」

「這是怎麼回事啊，妳這個混帳女神！」

看來她在我不知道的時候，有事沒事就會來維茲的店搗蛋。

我把阿克婭拖了起來，按著她的頭向維茲道歉。

「維茲，抱歉！那些報廢的商品，我會負起責任搶走這個傢伙的錢來賠償！混、混帳，不准反抗，妳也給我好好道歉！」

「等等啊，和真！我不要！為什麼女神得向巫妖低頭啊！再說，水碰到我的身體就會遭到淨化，是因為自然從我身上散發出來的神聖氣息，這也是無可奈何的事情！就跟植物碰到日光就會進行光合作用一樣，我只要碰到水就會自動進行淨化！這個我真的無法控制嘛！」

不，說穿了妳就不該亂碰商品啊。

阿克婭在脖子上使勁，死也不肯低頭，所以我代替她行了深深一鞠躬。

總覺得，我最近好像因為她一直被迫向很多人低頭。

「請、請抬起頭來！沒關係啦，事情都已經過去了！我只是希望，她今後可以盡量別再淨化商品了……！我已經麻煩了阿克婭大人很多事情，像是去墓地讓迷途的亡靈升天，還有淨化那間豪宅之類……！」

說著，維茲也連忙低下頭來。

聽維茲直率地這麼說，不久之前才因為淨化墓地時偷懶，而引發豪宅的惡靈騷動的罪魁禍首，尷尬地別開了視線。

……妳乾脆跟維茲交換職業算了。

第二章

讓紅魔女孩結交朋友！

1

「吶——和真——達克妮絲呢——？達克妮絲還沒回來嗎？」

在大廳的暖爐前面，坐在她認定為自己的特別座的沙發上，阿克婭抱著膝蓋看起來很無聊地說著。

——審判結束之後過了幾天，達克妮絲為了實現那個約定，見領主去了……

但她在昨天傍晚出門之後，就一直沒有回來。

我回想起領主看向達克妮絲的那種下流視線，總覺得胸口有點鬱悶。

畢竟達克妮絲那個傢伙，即使在面對魔王軍的幹部時，也會順從自己的本能和欲求，就想乖乖地跟著人家走。

這次的狀況對她本人而言應該是正合她的意吧。

我並不是因為喜歡達克妮絲之類，對她也並沒有任何戀愛的感覺，無論那個傢伙要跟誰怎麼樣，我也沒資格說什麼。

然而，她說要去履行承諾之後就像這樣徹夜未歸，就表示她住在那個領主訂的旅店房間裡，而且現在已經……

「……啊啊啊啊啊啊啊啊啊啊啊——！」

「呀——是怎樣？喂，你怎麼了，幹嘛突然抱頭大叫啊！和真你平常已經夠奇怪了，今天更是在很多方面都特別奇怪喔！」

就在我突然大叫，嚇到阿克婭的時候。

——抱著某個東西的惠惠來到我們身邊。

惠惠並沒有對吵鬧的我們說什麼，只是一直默默抱著那個東西。

——應該說，我從很久以前就一直很好奇。

「喵——」

名為貓的生物……惠惠抱在懷裡的就是這種東西。

惠惠就這樣什麼也不說，只是一直盯著我看。

「……妳是想在豪宅裡養這個傢伙嗎？」

「……對。這孩子很乖，應該不會給大家添麻煩才對……不可以嗎？」

那隻貓平常不知道都躲在哪裡，偶爾會在惠惠身邊看見牠。

牠就那樣任惠惠抱著，懶洋洋地瞇著眼睛。

「應該可以吧？住在這裡的人應該都不會對貓過敏才對……喔喔，這個傢伙是怎樣，很親人嘛。」

我對惠惠懷裡的那隻貓伸出手，牠就把前腳放到我的指尖上撒嬌。

……這個世界的世道如此險惡。

待在這個充滿問題兒童的隊伍裡，只會累積壓力。

或許也需要有個這種療癒身心的寵物吧。

「好痛！這隻貓是怎樣，為什麼只對我伸爪！這是怎麼回事，無論是這身漆黑的皮毛，還是那妄自尊大的態度……我感覺到這隻貓身上散發出某種邪惡的氣焰！」

招惹那隻貓反而被抓的阿克婭氣憤不已。

為了保護牠免受那隻氣瘋的藍髮野獸侵擾，我從惠惠手上接過黑貓。

我背對著阿克婭，然後順勢將黑貓放在地毯上護著牠。

……這麼說來，早餐的魚好像還沒吃完。

「吶，惠惠。這隻邪惡的魔獸叫什麼名字？」

「牠叫點仔。」

我從餐桌上將吃剩的魚連同盤子一起拿了起來……

「…………妳剛才說這隻貓叫什麼名字？」

「牠叫點仔。」

……我拿著吃剩的魚，在黑貓……正確說來是點仔的面前蹲了下來。

有這麼一個奇怪的主人，也真是辛苦你了……

我將魚放到點仔面前，牠並沒有立刻開動，而是先聞了聞味道。

「吶，惠惠。那隻貓是母的吧？我覺得那個名字好像不太適合牠耶。」

「不可以。那個孩子就叫點仔。」

正當我一邊聽著背後傳來這樣的對話，一邊看著點仔時。

——只見點仔噴出小規模的火焰，稍微烘烤了一下那條魚。

…………剛才那是怎樣。

我抱著腿坐在地毯上，看著點仔啃著我們吃剩的魚……

「……吶，阿克婭，這裡的貓都會噴火啊。」

同時輕聲對阿克婭這麼說。

既然這個世界的高麗菜都會飛了，貓會噴火也不奇怪吧。

Burning
!?

「你在說什麼傻話啊？和真也真是的，你還好吧？」

「貓怎麼會噴火呢？所謂的貓，是會喵喵叫的生物。」

「沒錯沒錯。還有，喜歡吃魚，看起來很可愛。」

「不，可是這傢伙剛才噴了火，先把魚烘烤過才開始吃耶。」

這種事情我也知道。

「畢竟又被拘留又上法庭的，發生了那麼多事情。」

「……和真，你累了吧。」

「是真的啦！我可沒發瘋喔！」

我指著點仔嚷嚷，這時惠惠開了口：

「這麼說來，你們剛才在吵什麼啊？如果是達克妮絲的事情，畢竟她也不是小孩子了，偶爾有幾天不回來也很正常吧。請你們稍微冷靜一點。」

她完全不相信我說的話，反而還這麼說。

「……妳也太冷靜了吧。妳知不知道那個領主現在正在如何對待達克妮絲啊？肯定是非常不得了的事情吧。」

聽我這麼說，惠惠嗤之以鼻。

「再怎麼說他也是個領主，那種地位的人怎麼可能對達克妮絲……不、不對，我確實是聽過很多關於那位領主的負面傳聞，但達克妮絲好歹也是冒險者喔。我不覺得她會那麼容易乖乖就範。」

這個白痴！她一點也不了解達克妮絲！

「真是的，所以說小孩子就是這麼天真！妳和達克妮絲也已經相處這麼久一段時間了，居然到現在還不了解那個變態嗎！她肯定會紅著臉說什麼『唔！即使你可以任意擺布我的身體，也沒辦法任意擺布我的心！我絕對不會輸給你！』之類的話吧。」

「！」

終於掌握狀況的惠惠，抱住了正在啃魚的點仔。

「怎、怎怎、怎麼辦！達克妮絲、達克妮絲不好了！怎麼辦，和真，該怎麼辦才好！」

「她是昨天出門的耶，都過了一個晚上，已經來不及了吧。妳們聽好，要是達克妮絲回來了，妳們要像平常一樣溫柔地對待她喔。」

「我、我知道了！面對轉大人的達克妮絲，我們也不可以問她發生了什麼事，對吧！」

「啊哇哇哇……！達克妮絲……達克妮絲她……！」

阿克婭握起拳頭表示包在她身上，惠惠則是臉色蒼白地不知所措。

要是達克妮絲沒有那麼做的話，我現在大概已經被處決了。對於達克妮絲我只有滿心感謝，以我的立場並沒有辦法多說什麼，可是……

……啊啊，可惡！

我要再次強調，我並不是喜歡達克妮絲或特別對她有意思，對她並沒有那種戀愛的感覺。

雖然沒有那種感覺，但不知為何，我還是忍不住覺得煩躁。

女性朋友交到男朋友的時候自己的心情會變得很複雜，這或許是類似那樣的狀況吧。

就在這個時候——

「佐藤和真！佐藤和真在嗎————！」

隨著這聲怒吼，突然有人推開了豪宅的大門。

粗魯地推開門，並漲紅著臉、肩膀不住起伏的，是用力喘著氣的瑟娜。

「喂、喂，妳是怎樣，距離我必須證明自己的清白的日子，還有一段時間吧？不好意思，我現在沒空理妳，我的同伴……」

「居然說沒空理我？少胡扯了！你這傢伙果然是魔王軍的爪牙吧！還真有你的，竟搞出那種勾當來！」

雖然完全是在冤枉人，不過見瑟娜激動成那個樣子，讓我心裡冒出不祥的預感，便戰戰兢兢地問：

「搞、搞出那種勾當，是指什麼……？」

「是蟾蜍！本應正在冬眠的蟾蜍們都爬了出來，出現在城鎮周邊！」

她應該是指在這一帶已經可以說是小怪代名詞的巨型蟾蜍吧。不過，那種東西怎麼會和我們扯上關係啊……

「少冤枉我們了好嗎。難不成妳是要說我們控制怪物，將正在冬眠的蟾蜍吵醒了嗎？那妳最好是拿出證據來！」

惠惠挺身上前，像是在說要吵架隨時奉陪一樣。

「根據公會職員的報告，蟾蜍們爬到地上來的時候像是在害怕著什麼……說到害怕，我就想到最近幾天一直有個人在距離城鎮不遠的地方發爆裂魔法，害得居民們人心惶惶呢。」

阿克婭和惠惠聽了正準備往豪宅裡面逃，我一把抓住她們的後衣領。

「請等一下，請聽我說，我只是因為被阿克婭命令才那麼做的！動手的確實是我，但主謀是阿克婭！」

「惠惠妳太奸詐了！我找妳商量那件事的時候，妳明明也興致勃勃的不是嗎！還說什麼『見識吾的力量吧』！」

抓著開始起內鬨的兩人的後衣領，我說：

「現在不是起這種醜陋的爭執的時候吧！去幫妳們闖出來的禍收拾善後啊！」

2

放眼望去已經化為一片雪景的城郊。

「不要——！我受夠了————！我不想再被蟾蜍吃掉了啦————！」

阿克婭的慘叫在此迴盪著。

「話說回來，這裡的蟾蜍在這麼寒冷的環境當中，動作也不會變遲鈍呢，活動的速度和平常沒什麼兩樣。在這裡無論生物也好蔬菜也好，可全都有夠健壯。」

我望著在雪原之中被蟾蜍追著跑的阿克婭，心有戚戚焉地這麼說。

「正因為這個世界的環境是如此嚴苛，所有生物才會都用盡全力活在每一個當下。我們也不可以輸，我們要變得更強，並在這個嚴苛的世界存活下去。」

惠惠一臉認真地如此回應我的自言自語。

——而且還處於肩膀以下都在蟾蜍嘴裡的狀態。

大概是因為之前就有被蟾蜍吞下肚的經驗吧，惠惠在這種狀況下也顯得相當泰然自若，沒有什麼抵抗的動作，任憑蟾蜍吞噬。

惠惠在這之前，已經發出爆裂魔法，解決許多蟾蜍了。

姑且不論已經耗盡魔力而無法動彈的惠惠，就連蟾蜍也沒有進一步吞噬，停止了動作。

或許是惠惠的法杖卡在牠的嘴裡了吧。

「妳等著，我馬上救妳出來。」

我舉起劍，面對正在捕食惠惠的蟾蜍。

「不，等你打倒在追阿克婭的那隻蟾蜍之後再說也不遲。反正外面這麼冷，在蟾蜍的嘴裡還比較溫暖。」

我原本以為這傢伙除了爆裂狂的一面之外還算普通，沒想到她有著大人物般的器量呢。

「你、你這個人，明明自己的同伴被蟾蜍吞進去了，另一個同伴也正在被蟾蜍追著跑，卻還能這麼冷靜啊。」

跟來當見證人的瑟娜儘管為此覺得有點感冒，但還是傻眼地這麼說。

話雖如此，但這對我們而言卻是一如往常的光景了。

我決定晚一點再救惠惠，於是將手上的劍插進地面，拿出事先購買的弓箭。

之前，在攻進機動要塞時解決了魔像的我，一口氣就升了兩級。

得到技能點數之後，我原本還在煩惱要學怎樣的技能，但仔細想想，我們隊上明明有達克妮絲這個堅硬的鐵壁，卻沒有能夠進行遠距離攻擊的人。

惠惠姑且可以算進來，但她只能攻擊一次，而且還有可能會波及達克妮絲。

於是，就輪到我這個雖然很弱，卻能學會各種職業的技能的冒險者出馬了。

我活用這種職業的特性，找弓手奇斯教了我「弓」和「狙擊」這兩個技能。

「弓」就正如字面所示，是可以讓我這個門外漢也能一下子就學會如何運用弓的技能。

至於「狙擊」，這個技能則是可以提升使用射擊武器時的射程，而且運氣值越高命中率也會跟著提昇，對我而言是最適合不過的了。

我張弓引箭，以狙擊技能瞄準追著阿克婭的蟾蜍……！

「和真——！快點——！快點啦——！」

看著拉開弓的我，阿克婭一邊逃竄一邊哭喊。

……總覺得好像應該再多讓她被追擊一下才對。

見我不打算放開弓弦，阿克婭便朝我這邊逃了過來，害我覺得自己可能也有危險，只好朝蟾蜍的頭上射出箭。

箭擦過阿克婭頭頂的髮梢，不偏不倚地貫穿了蟾蜍的頭。

快要哭出來的阿克婭，則是直接朝我衝了過來。

「好，那麼惠惠，我現在就去救妳。」

「吶，和真，你剛才是不是想等我被吃掉？吶，你在等我被吃掉對吧！而且剛才你的箭擦過我頭上的魅力重點了啦！」

我完全不管對我咄咄逼人的阿克婭，拔起了插在地上的劍。

「……你們戰鬥的時候，一直都是用這麼危險的方式嗎？這……這樣的一群人，真的和魔王軍有關嗎……？」

瑟娜一邊在後方記錄著我們戰鬥狀況，一邊不知道在碎唸些什麼。

我朝著一動也不動的蟾蜍高高舉起劍，正準備要救出惠惠——

「等、等一下，有蟾蜍……！」

這時，掛在蟾蜍的嘴巴外面的惠惠，突然緊張地這麼說。

面對著惠惠的我和阿克婭聽她這麼一說，便轉過頭去。

「「……啊。」」

不知道什麼時候又爬出了新的巨型蟾蜍，而且多達三隻。

剛才還很氣定神閒的我，此時背上也滑過了一道冷汗。

糟糕，這樣總共就有四隻蟾蜍了。

這樣一來，充當餌食……不，我是說充當誘餌的人數就不夠了。

如果距離再遠一點的話還可以一隻一隻狙擊，但是……！

「阿克婭，我們兵分兩路！我會先拉開距離，設法解決掉一隻，妳就繼續當誘餌吧！」

「我不要——！我不想再被蟾蜍追著跑了——！換你當誘餌啦——！」

「笨蛋，妳的攻擊力根本無法打倒蟾蜍好嗎！只要能夠打倒一隻，就只剩兩隻蟾蜍了！到時候就可以靠妳和瑟娜讓牠們停下腳步！」

「咦咦！我、我只是來監視你們的，不應該被捲入戰鬥吧……！再說了，你是想拿我這個普通人來當誘餌嗎！」

在阿克婭哭喊著，瑟娜也怒吼著的時候，就連惠惠都開了口：

「不好意思，我好像開始一點一點被吞進去，是差不多該請你把我給救出來了。」

「真是夠了，這種時候要是有達克妮絲在就好了！身穿金屬鎧甲的那個傢伙就不會被蟾蜍吞下去！她到底什麼時候才要回來啦——！」

我面對仰起頭準備將惠惠吞進肚子裡的蟾蜍舉起劍時——！

「『Light of Saber』——！」

——一道澄澈的聲音，在雪原上迴盪。

同時，一道光線劃過吞掉惠惠的蟾蜍的身體。

光線通過蟾蜍的身體之後，隔了一拍，蟾蜍整隻變成了兩段。

正當我忙著將惠惠從蟾蜍嘴裡拖出來的時候──

「『Energy Ignition』！」

那道澄澈的聲音再次響起。

與此同時，正在逼近我們的三隻蟾蜍突然起火，像是從體內開始燃燒似地噴出火舌，化為藍白色的火球。

聞著蟾蜍烤熟的香味，我因為不想背著滿身黏液的惠惠回去，便以「Drain Touch」將自己沒有多少的魔力分給了她一些。

……如此一來，雖然有些搖搖晃晃地，但惠惠姑且還是可以站起身來。

在惠惠的視線前方，有個身穿黑色長袍的少女。

感覺應該比我小個一兩歲吧？

那個我完全沒見過的女孩，盯著惠惠一直看。

「剛才那是上級魔法……！在這種新手的城鎮裡，居然有人會使用上級魔法……」

身後的瑟娜驚叫出聲之際，我向眼前的女孩低頭一鞠躬。

「雖然不知道妳是誰，不過謝謝妳救了我們。」

我道謝之後，那個女孩瞄了我一眼，臉頰稍微紅了起來，似乎有點害臊。

「我、我並不是要救你們。只是因為競爭對手要是被區區的蟾蜍吃掉了，那我還有什麼立場可言，這樣而已……」

她低著頭，嘟噥地這麼說。

「什麼什麼？妳和惠惠認識啊？」

蟾蜍被打倒之後，恢復了冷靜的阿克婭興致勃勃地這麼問了那個女孩。

「與其說是認識，不如說是競爭對手……——久違了，惠惠！我遵照諾言，完成修練回來了！現在的我如妳所見，就連上級魔法也能夠運用自如！好了，實現當時的諾言的時刻到了！今天一定要為我們長久以來的競爭關係畫下句點！」

那個女孩指著惠惠這麼說，看起來開心得不得了。

這是什麼熱血的劇情發展啊。

至於被對方指名道姓的當事人則表示——！

「……？請問妳是哪位？」

「咦咦！」

滿身黏液的惠惠不經意地這麼說，讓那個女孩驚叫出聲。

仔細一看，那個女孩的打扮和惠惠有幾分神似。

她身上的黑長袍和黑披風，設計感都和惠惠身上的很像。

然後她的手上握著銀色的魔杖，腰間插著短劍。

身高比惠惠高一點，整體體態苗條而勻稱。

面容看起來意志堅定卻又比較文靜，而且是個超級美少女。

如果在日本的話大概就像是會當上班長或學生會長，有種模範生的感覺。

一頭黑髮以緞帶綁在一起，而最具特色的，就是她那一雙紅色的眼睛。

沒錯，她眼睛的顏色和惠惠一樣。

「是、是我啦！妳還記得吧，我們在紅魔之里的學園裡是同年級啊！惠惠總是第一名，而我是第二名！然後，我說要出去修練，直到能夠使用上級魔法為止……！」

那個紅魔族女孩指著自己的臉，淚眼汪汪地拚命解釋。

不，更重要的是她剛才隨口提到很不得了的事情。

「……喂，她剛才好像說了什麼讓人不能聽過就算了的事情喔，什麼妳在學園裡是第一名之類。」

聽我這麼說，惠惠輕輕笑了一下。

「都什麼時候了，你還在說這種話啊。第一次遇見和真的時候，我就已經說過自己是紅魔族第一的魔法師了。是和真自己太愚蠢，不肯相信而已。不過，我們也認識這麼久了，現在你應該相信了吧？」

「如果有人看見妳現在滿身黏液的模樣還可以說他相信妳，那我還真想看看這樣的傢伙

是長成什麼樣子。」

「你、你說什麼！」

「請、請等一下啦！」

見惠惠開始和我鬥嘴，紅魔族女孩連忙插嘴道：

「吶，惠惠，是我啦！妳不會真的忘記我了吧？妳回想一下，無論是學園的考試還是什麼，我總是向妳挑戰，然後每一次妳都說挑戰就得付出相對的代價，說我願意賭便當的話妳就接受！妳經常靠這招誆走我的便當不是嗎！」

這個傢伙以前都在搞這種勾當啊。

我盯著惠惠一直看，惠惠則別開了視線。

「吶吶，感覺她們應該會拖很久，我可以先去公會嗎？要不然蟾蜍肉會壞掉。我可以去叫公會的人來把蟾蜍搬回去吧？」

阿克婭指著那幾隻蟾蜍肉說。

老實說，現在這種狀況要我一個人留下來，我也很困擾就是了。

不過，以現況而言，我們能多賺一點錢是一點，還是請阿克婭去結算比較好。

這樣一來，我和惠惠就可以直接回豪宅，更可以立刻將渾身蟾蜍腥味的惠惠丟去洗澡。

「……嗯。看來你們還有很多話要談。那麼，我今天也就此告別……佐藤和真先生，你們今天的冒險實在太過於悽慘了，但我並不會排除這是你們為了欺騙我，而演了一場戲的可能性……我還沒有辦法相信你。」

說完，瑟娜以嚴肅的眼神看了我一眼之後，便和阿克婭一起回到鎮上去了。

3

留在雪原之中的我，再次開口問了惠惠：

「所以呢，她一直說自己認識妳，那到底是怎樣？聽她說得好像真的跟妳很熟的樣子，妳快點想起人家好嗎。」

「我不認識她啦。再說了，講到現在連名字都沒報上，也太可疑了吧。這一定是之前和真對阿克婭說過，無論再怎麼缺錢也絕對不准做的，那個是我是我什麼的詐騙吧，千萬不能理她。」

說完惠惠就拉著我的手，準備離開。

看我們準備要回鎮上去，那個女孩連忙說：

「等、等一下啦——！我、我知道了，雖然在不認識的人面前這麼做有點丟臉，不過我

報上名號就是了！……吾乃芸芸。職業乃大法師，乃擅使上級魔法者。同時也是終將成為紅魔族之長者……！」

芸芸紅著臉如此報上名號之後，用力掀了一下身上的披風。

紅魔族是不是有什麼習俗，規定在自我介紹的時候一定要做些誇張的動作啊。

看著這樣的芸芸，惠惠對我說：

「就是這樣，她叫芸芸。是紅魔族的族長的女兒，未來將會繼承族長之位，同時在學園時代也自稱是我的競爭對手。」

「原來如此。我是這個傢伙的冒險同伴和真。請多指教，芸芸。」

「等一下，妳明明就記得我嘛！……咦，奇怪？和真……先生？那個，你聽見我的名字怎麼沒有笑啊……？」

芸芸顯得相當疑惑，畏畏縮縮地這麼問我。

因為已經習慣惠惠的名字，現在聽到紅魔族的怪名字也不會覺得怎麼樣了。

「不過是名字奇怪了點，和妳本人性格無關吧？在這世界上啊，還有個傢伙明明名字非常奇怪，也非常讓人印象深刻，大家卻以腦袋有問題的爆裂女孩這不名譽的外號叫她呢。」

「是我嗎？你是在說我嗎？不知不覺間，那個外號已經在我不知道的時候定案了嗎！」

聽我這麼說，芸芸露出一臉難以置信卻又驚訝的表情說：

「……原來如此，不愧是惠惠，妳找到一個好伙伴了呢。這才稱得上是我的好敵手。」

不知為何，她在心目中對我的評價好像加了不少分。

「話說回來，如果妳們要繼續聊下去的話要不要換個地方？在這種地方站著說話也不太方便吧。」

聽我這麼說，芸芸一副突然回過神來的樣子，抬起頭來，遠離我和惠惠的身邊。

「是了，都是惠惠故意裝傻說什麼不認識我，事情才會變得這麼奇怪……！惠惠，我是來和妳一決勝負的！我是終將成為紅魔族之長的人，要是一直無法勝過妳的話，我又怎麼能厚著臉皮坐上族長之位！而且，更重要的是！」

芸芸原地舉起手，指著惠惠說：

「我依照和妳的約定，學會了上級魔法。再來就是贏過妳，奪得紅魔族第一的寶座。如此一來，在我當上族長的時候，任誰也不會有怨言了。我不會再讓任何人說，我是個只靠家世的人！來吧，惠惠，和我一決勝負吧！」

眼底深藏著堅定的決心，她對惠惠如此宣言。

「我才不要。外面好冷，就連體溫也都開始下降了。」

聽見惠惠理所當然地這麼說，芸芸「咦——」地喊了一聲，整個人僵在原地。

「這樣啊，那我們回去吧。我會幫妳燒洗澡水，妳就先洗吧。洗好澡之後，大家再一起

去吃飯。」

正當我這麼說完，準備和惠惠一起離開時……

「等等等、等一下啦！吶，為什麼？我們都這麼久沒見了，為什麼妳要對我這麼冷淡？惠惠，拜託妳啦，和我一決勝負啦──！」

芸芸看見我們採取的行動，連忙拖住我們。

惠惠見狀，嘆了口氣說：

「……可是我今天已經沒辦法用魔法囉，我的魔力都耗盡了。而且妳是打算靠魔法和我一決勝負嗎？哼哼哼……汝也太小看吾之力量了吧。方才吾也以一己之力，只靠一擊就讓八隻愚蠢的蟾蜍人間蒸發了。芸芸啊，汝辦得到這種事情嗎？」

惠惠壓低了聲音，以中二病的語氣這麼說，讓芸芸露出一臉驚訝的表情看向我。

她大概是想問我這是不是真的吧。

「嗯，她確實是只用一記魔法就讓八隻蟾蜍人間蒸發了。」

只是在那之後便因為動彈不得而遭到捕食就是。

聽我這麼說，芸芸的臉色變得有些蒼白，低下頭並吞了吞口水。

「而且，妳之前不在這個城鎮或許不知道……不過，妳有沒有聽過這些傳聞？由於居城連日遭到我的魔法轟炸而倍感威脅，魔王軍的幹部完全上了當，被引誘到這個城鎮來，遭到擊退。還有號稱無敵的機動要塞毀滅者，在這個城鎮敗在爆裂魔法之下，遭到破壞！」

聽了這些，芸芸膽顫心驚地來回看著我和惠惠的臉。

……那些確實不是謊言啦。

「這個嘛，魔王軍的幹部來到這個城鎮確實是因為惠惠連日以魔法轟炸的緣故，最後解決掉毀滅者的人的確也是惠惠。」

這就是所謂的一個真相各自表述吧……

聽我這麼說，芸芸的臉終於嚇成一片慘白。

「就、就就就就、就算是這樣，我、我還是要一決勝負！還是得一決勝負才行……！即使毫無勝算，我也要挑戰妳無數次！」

即使眼中泛淚，也是有著某些絕對不能退讓的事物吧。芸芸儘管有些害怕，還是斬釘截鐵地對惠惠如此宣告。

惠惠見狀，再次沉重地嘆了口氣。

「……真拿妳沒辦法。不然這樣好了，我今天已經沒辦法用魔法了，所以就以妳最擅長的體術來決勝負，如何？看來妳現在也是獨當一面的冒險者了，還說要透過筆試來對決的話，妳應該也無法接受吧。不用武器，比到其中一方投降來決定勝負……就這樣，如何？」

芸芸一臉驚訝地說：

「……可以嗎？那個在學園裡明明都沒什麼去上體術課的惠惠……難道……妳是想讓我贏嗎？以前每到午休時間就大搖大擺地在我面前晃來晃去，等著我挑戰就趁勢誆走我的便當的那個惠惠？」

「……妳這個傢伙也太不像話了吧。」

「……那對我而言可是攸關生死的問題啊。因為家庭因素，她的便當對我而言可是生命線。但要是我主動挑戰她的話，豈不是和恐嚇勒索沒兩樣了嗎？」

芸芸閉上眼睛。

然後，她深深吸了一口氣，並露出燦爛的笑容。

「我知道了，就這樣決勝負……然後，妳一定會這麼說對吧？想挑戰就得付出相對的代價！代價就是這顆瑪納礦石結晶。這可是是純度相當高的上等貨喔！身為魔法師，應該都非常想要這個道具才對！」

芸芸拿出一顆小巧的寶石。

名稱當中有瑪納兩個字，應該是充滿魔力的寶石之類的吧。

惠惠看了那個東西，並滿意地點了點頭。

「很好，我就接受妳的挑戰！那麼，儘管放馬過來吧！」

惠惠展開雙臂作勢威嚇，如此宣言。

相對的芸芸則是蹲低了馬步，握起拳頭擺出架勢。

就外表看來，以體格而言應該是芸芸占上風吧。

論身高、論體格，芸芸的手腳都很長，又有著勻稱的肌肉；相較之下，惠惠無論以多寬鬆的標準來看，都不像是擅長赤手空拳戰鬥的樣子。

說穿了，惠惠給人的印象就是個隨處可見的小女孩，弱不禁風的魔法師。

芸芸一點一點拉近了距離。

惠惠也維持著高舉雙手的狀態，擺出隨時可以抱住芸芸的姿勢……

「……吶，惠惠。等一下喔……那個，妳身上好像濕濕亮亮的，那該不會是…………」

「沒錯～～這就是蟾蜍的黏液。」

惠惠立刻回答了不安地提問的芸芸。

芸芸的臉孔隨即扭曲了起來，但惠惠毫不理會，繼續說了下去：

「剛才多虧有妳救了我。這沾滿我全身的黏黏的東西，全部都是蟾蜍肚子裡的分泌物……來吧，別管這些了，快攻過來啊。在妳接近我的那一剎那，我就會毫不猶豫地抱住妳，然後直接施展寢技。」

惠惠如此宣言之後，便張著雙臂，一點一點向前，而芸芸則是帶著嫌惡的表情往後退。

「惠、惠惠？別開這種不好笑的玩笑喔，妳不是說真的，對吧？這、這只是為了削弱我

的戰意，騙我投降的策略對吧？沒錯吧？我們還在學園的時候妳也老是都來這招。我、我已經不會上當了喔！」

芸芸一邊虛張聲勢一邊後退，惠惠則是一點一點逼近她，一雙紅色的眼睛還閃著光芒。

惠惠的表情，看起來就像是小孩子想對好朋友惡作劇一樣。

「我們是朋友對吧。真正的朋友，應該是可以同患難共生死才對。」

聽惠惠這麼說，芸芸背對著她，拔腿就跑。

而惠惠也追了上去。

「投降！我投降就是了！瑪納礦石也給妳了，拜託不要過來！」

4

惠惠弄得芸芸一身黏膩，害她哭著走人之後，我們就走在返回豪宅的路上。

「啊，和真，這個你收下吧。應該可以賣個好價錢，你就拿去還債吧。」

途中，惠惠交給我的，是剛才誆到的瑪納礦石結晶。

我記得，芸芸好像說這是只要是魔法師都非常想要的東西吧。

「真的可以嗎？妳不留下來用嗎？雖然我也不知道這要怎麼用就是了。」

對於我的疑問，惠惠不以為意地輕輕哼笑了兩聲。

「瑪納礦石結晶是在使用魔法的時候，能夠代替魔力消耗的便利道具。不過，那也只是消耗道具罷了。以那顆結晶的純度和大小，也不足以代替我使用爆裂魔法時龐大的魔力消耗。那個東西，對於四處都是的一般魔法師而言或許相當珍貴，但對於我這個超乎一般範疇的大魔法師而言，可是一點用處都沒有。」

虧她可以說得這麼自豪啊……

「……這不算好事吧？吶，無論幾次我都要說，妳不打算學爆裂魔法以外的技能……」

「不打算學。」

「我想也是。」

算了，我也奈何不了她。而且，說來說去，這樣的她也是有可靠的時候……

聽惠惠立刻這麼回答，我沉重地嘆了口氣。

……………有這種時候嗎？

那個叫芸芸的女孩，用的是上級魔法呢。

看起來很華麗地三兩下就打倒了蟾蜍。

而且除了魔法以外，她的外表也很不錯。臉蛋漂亮，身材也是玲瓏有緻。

比起那個優秀的魔法師……

「……怎麼了？幹嘛一直嘆氣……紅魔族不只魔力強大，智商也非常高。我可以說中和真現在在想什麼喔。」

見我一邊走一邊長吁短嘆，惠惠一臉狐疑地這麼問了。

…………………………

「……比起剛才那個女孩，惠惠漂亮多了……我只是在想這個啦。」

「那還真是謝謝你喔！為了答謝你的誇獎，我就用力抱緊你好了！」

「住、住手！別過來，妳這個滿身蟾蜍臭味的傢伙！」

——打開豪宅的大門，阿克婭似乎還沒回來。

原本還有點期待可以看見達克妮絲，卻依然不見她的蹤影。

覺得背後濕濕黏黏很不舒服的我，快步走向浴室。

「嗚嗚……又腥又臭的……這麼讓人高興不起來的擁抱我還是第一次碰上。」

「你應該要更高興一點。被渾身濕滑的女生抱住，在某些狀況下還有人願意花錢呢。」

跟在我身後的惠惠毫不在意地這麼說。

——正當我準備走進更衣室時，惠惠拉住我的衣角。

「………幹嘛啦。」

「黏液害我覺得很不舒服，先讓我洗。」

「我也很不舒服啊，而且還是妳害的。再說了，我不先洗的話哪有辦法燒熱水啊。我們的熱水器是魔力式的喔，耗盡魔力的妳根本放不了熱水。若是靠我分給妳的魔力，頂多只能燒出溫水吧。想通了的話，就乖乖到暖爐前面取暖等我洗好。」

我揮了揮手示意要惠惠離開，她便一臉不爽地說：

「沒有先把身上的黏液洗乾淨就坐到暖爐前面的話，長袍乾掉以後會變得非常臭吧。你沒聽過女士優先嗎？男生應該多呵護女生才對。」

「我是個希望真正的男女平等能夠實現的人。最不能夠原諒的，就是只有在對自己有利的時候主張女性的權利，在對自己不利的時候，就說男人應該怎樣怎樣的傢伙了。再說了，想要我把妳當成女士的話，就先長到女士的歲數再說吧。」

「啊！你這樣說就是把我當成小孩子囉！先告訴你，我們也才差三歲而已好嗎！十年後就是二十六歲和二十三歲，根本差不了多少……」

「未來是未來，過去是過去，我是個活在當下的男人。在我的眼中，現在的妳就只是個小朋友，多說無益。好──我要第一個泡澡！」

一邊這麼說著，我先走進浴室將魔力注入以魔力驅動的熱水器藉此點火，然後將身上沾

滿黏液的外衣脫掉。

「你這個男人，居然真的脫起衣服來了！」

惠惠看了我的動作稍微有點嚇到，但裸體被小朋友看見我也不覺得怎樣。

「如果妳還想再看下去的話，我就要收錢囉。我是絕對不會退讓。沒錯，絕對不會。」

惠惠不甘心地咬住嘴唇，接著像是想到了什麼似地輕輕哼笑了一聲。

然後，她露出勝券在握的笑容，出言挑釁：

「……原來如此。我懂了，和真現在是不把我當成女人看就是了。既然如此，我們乾脆一起洗好了。既然妳不把我當成女人看，應該沒問題吧？」

「說的也是，一起洗就可以解決所有問題了。那我先進去囉。」

「咦！」

見我無動於衷地答應，提議的惠惠反而大吃一驚。

「不、不好意思，照理來說這種時候的發展應該是你要害臊地說些『笨、笨蛋，最好是可以一起洗啦！』之類的話，然後心不甘情不願地讓我先洗才對吧？」

「為什麼我得照著那種老套劇情走才行啊？先告訴你，約定成俗這種事情完全無法套用在我身上喔。打個比方好了。假設，惠惠喜歡上我了。然後，有別的女生對我發動攻勢，惠惠吃醋了，不分青紅皂白地對我使用暴力的話，我也會毫不客氣地反擊。我這個人在該有所作為的時候就會有所作為，這件事妳最好先記下來。」

「……看來是我太小看和真了。我是不可能喜歡上你的，請放心。還有，該有所作為的時候就會有所作為這句話好像也不是這樣用的，不過算了。」

說完，惠惠似乎放棄了，準備走出更衣室，於是我……

「喔？怎麼啦，剛才對我挑釁了半天，現在不跟我一起洗啦？真是的，妳這個沒骨氣的傢伙。就是因為這樣我才會把妳當成小孩子看啦。」

「說我沒骨氣？你很敢說嘛，是怎樣，洗就洗，不過就是一起洗澡嘛誰怕誰啊！來啊，和真才是，幹嘛拿毛巾遮遮掩掩的，趕快來洗啊！」

「喂、混帳、放手，不要拉我的毛巾啦色狼！妳為什麼這麼放得開啊！我說啊，那個叫芸芸的傢伙有沒有說過妳很像男生？妳也太豪放了吧，給我矜持一點啊！」

豪邁地脫掉長袍，並拿起毛巾包住身體的惠惠，大步走進浴室裡。

——奇怪？

剛才，我好像瞬間從毛巾的縫隙當中看到惠惠的臀部那邊有某種紋路。

「水不夠熱喔，多灌點魔力進去啦，多灌一點！如何，你快點過來啊！」

把手放進浴池裡的惠惠如此嚷嚷。

是我的錯覺嗎？……算了，先不管了。

5

「呼……」

「呼……偶爾像這樣大白天就悠閒地泡澡也不錯呢……感覺會泡到睡著就是了……」

我將肩膀以下的部分都泡進寬敞的浴池裡，悠哉地讓手腳也完全伸展開來。

浴室夠大，也是這間豪宅最棒的一點。

「話說回來，妳真的不用理那個叫芸芸的女生嗎？妳們不是很久沒見了？」

「反正還會再見面啦。那個自稱是我的競爭對手的傢伙，就老愛追著我跑。」

惠惠也把肩膀以下的部分泡進浴池裡，並且將下巴靠在浴池的邊緣，閉起眼睛，感覺很享受的樣子。

「不過，那個芸芸，雖然名字有點那個，長得倒是滿可愛的。以惠惠認識的人而言，感覺好像也還算是個有常識的人的樣子。」

「你這說法聽起來好像我很沒常識似的。應該說，她也和我一樣大喔，你就不把她當成小孩子看待了嗎？」

維持著將下巴靠在浴池邊緣的姿勢，惠惠張開一隻眼睛，瞄了我一眼。

惠惠和那個女孩一樣大……我仔細端詳了一下泡在浴池裡的惠惠。

「……喂，你剛才看著我在想些什麼，給我老實說出來。」

「……我只是在想成長的速度果真是因人而異……喂，別這樣，不准詠唱爆裂魔法！明知道妳已經沒有魔力了但還是對心臟很不好！」

說著，我也學惠惠將下巴靠在浴池邊緣。

「不過，這就表示她也是十三歲囉。我的守備範圍頂多只到小我兩歲為止，十三歲不行。如果是十四歲的話，就是國二和高一，感覺勉強還可以接受。」

我不經意地這麼碎唸著。

「國二和高一？……雖然不太清楚你在說什麼，不過，原則上我下個月就十四歲了。到時候你就不會把我當成小孩子看待了嗎？」

泡在浴池裡感覺很舒服的惠惠，閉著眼睛這麼說……

「……咦，真的假的？妳的生日是在下個月？咦，十四歲？妳要脫離蘿莉路線了嗎？」

「你說誰走蘿莉路線來著！我可不記得自己有選擇那樣的路線！應該說……你是怎樣？突然變得不太對勁……」

原本以為是個不成材的妹妹的人，在我心目中漸漸變成了不成材的學妹……

「怎、怎麼辦，我突然覺得這個狀況變得有點難為情。」

「喂，不要突然說這種話啦，你這樣一說不就害我也跟著難為情起來了嗎！你是怎樣？不過差個一歲有差這麼多嗎？應該說，可以不要那樣難為情地一直偷瞄我嗎！」

這是為什麼呢？太奇妙了，我突然覺得心動了起來。

應該說，事到如今，我才發現自己處於一種很不得了的狀況之中。

「……吶，為什麼我會和惠惠一起泡澡啊？應該說，仔細想想，這種情況很不妙吧？」

「為什麼都這種時候了才說那種話！別這樣好嗎，為何突然冷靜下來了啊！」

惠惠在浴池裡輕輕從我身邊向後退開。

我也一樣往浴池的另一邊退，並對惠惠說：

「不是啦，因為要是被人看見這個狀況的話，那可不能鬧著玩了吧？應該有這方面的條文規定之類的吧。尤其是有些搞不清楚狀況的傢伙，特別容易在這種時候……」

就在我話還沒說完的時候。

「我回來惹——！」

遠遠就傳來了某個眾所周知，特別搞不清楚狀況的傢伙的聲音。

「都是和真啦，都怪你說了那種會引發這種狀況的台詞！」

「不，現在不是說這些的時候了吧！總之，妳和我其中一個人要趕快出去才行！」

我和惠惠在同一時間衝出浴池，又連忙回到浴池裡。

「你為什麼要和我一起出去啊！毛巾都已經浸濕了，我都看到你很多地方了，你也看到我很多地方了吧！」

「妳才是！我先出去啦，妳乖乖泡著！是說妳有鎖門嗎？更衣室的門妳有沒有鎖上？」

「沒、沒有鎖上，沒有鎖上啦！偏偏在這種時候阿克婭肯定會來這裡！怎怎怎、怎麼辦！你想想辦法啊！」

想什麼辦法啊，總之我們其中一個人先離開浴室就總是有辦法開脫吧！

要是被阿克婭撞見這一幕的話，她肯定不會放過我，一定會取些蘿莉尼特、蘿莉真什麼的難聽綽號，並且大肆宣傳！

「和真——！惠惠——？我回來惹——！來個人對我說歡迎回來好嗎！我賣掉蟾蜍，換錢回來囉——！」

阿克婭的聲音離這裡越來越近。

我迅速離開浴池，朝更衣室衝了過去。

在我衝刺時，發出了碰咚碰咚的腳步聲……

「和真──！……怎麼，你在洗澡嗎？」

似乎讓阿克婭發現我在裡面了。

在更衣室的門即將被打開的那一刻，我絞盡體內的魔力，伸出右手，發揮出前所未見的專注力！

「『Freeze』──！」

我灌注所有魔力，並付出一切的「Freeze」，瞬間凍結了更衣室的門把。而耗盡所有魔力的我遭受倦怠感與無力感侵襲，直接倒在更衣室的地板上。

「和真──我把你們兩個人的錢放在大廳的桌子上囉！等你洗好澡，我們再去吃飯！」

說完，阿克婭也沒打開門，就這樣離開了。

……說的也是。只要知道裡面有人，誰會想故意打開門看對方的裸體啊，又不是漫畫。

「你……你還好嗎，和真？你是不是耗盡魔力了啊？應該說，剛才好危險啊，依照剛才那樣發展下去的話，差點……」

「差點就要被認定是蘿莉控了啊，我。好險好險……啊，惠惠，不好意思，幫我擦一下身體吧，我的魔力用到一滴也不剩了，完全動彈不得。這樣一直趴在地上可是會感冒。」

我趴在地上，在看不到惠惠的狀況下這樣拜託她，但是……

「……喂，和我一起泡澡就會被認定是蘿莉控是怎麼回事，請你說清楚講明白。在這種

完全動彈不得的狀態下，虧你還敢說這種大話啊。」

「喂，混帳，住手！妳扒開我的毛巾想幹嘛！想被認定為女色狼嗎！喂……！阿、阿克婭——！阿克婭——！有個蘿莉在對我毛手毛腳啦——！」

6

聽見我的求救之後，阿克婭闖了進來，如此這般之後給了我蘿莉尼特的稱號。

第二頓沒有達克妮絲，總覺得有些寂寥的晚餐也結束了。

——然後就到了隔天早上。

「……什麼嘛，她們兩個人都這麼早就出門了啊。」

來到大廳的我如此喃喃自言自語著。

昨天晚上和她們商量過的結果，一致認為在達克妮絲還沒回來的狀況下出任務太危險。

所以，我們決定今天各自行動。

……不過，達克妮絲昨天終究還是沒有回來。

聽說領主對達克妮絲有異常的偏執，難不成是被軟禁了嗎？

還是說，她發生了什麼意料之外的事情……？

如果今晚她還是沒回來的話，我也該採取些什麼行動了。

因為自己做早餐實在太麻煩，我決定到外面吃點東西。正當我在鎮上到處亂晃的時候，看見了一個似曾相識的紅魔族女孩。

那個女孩一個人在街上漫步，看著攤販的食物，一副很想吃的樣子。

最後，她在串燒的攤子附近晃來晃去，觀察了一下攤販的狀況。

不久之後，那個攤販來了客人，和老闆談笑了幾句之後，買了三支串燒走。

那個女孩看見這一幕，便下定決心，走向攤販，和前一個客人一樣買了三支串燒。

……看來她是第一次在攤販買東西，不知道該怎麼點餐的樣子。

我原本還在猶豫該不該向她搭話，但看見她幸福地吃著串燒的模樣，我決定不打擾她。

「——最近這個城鎮附近好像有奇怪的怪物出沒呢，據說實力並不是太強，只是……」

「對，我也聽說過。就是那個外型奇特，看見在動的東西就會黏上去自爆的傢伙吧？」

我隨便找了間店，解決早餐之後，在街上晃來晃去時，便聽見兩個冒險者在聊這話題。

……奇怪的怪物？

對我來說，這個世界的怪物多半都很奇怪就是了。

不過，總之還是留心一下。

正當我一邊走路一邊想著這些時，剛才那個曾經見過的少女又出現在我面前，這次是在打靶遊戲的攤販前面來回踱步。

這裡的打靶遊戲，和日本的不太一樣。非但使用的是真正的弓箭，箭頭還是圓的。

玩這種打靶遊戲的客人多半是情侶，由男生射擊，將射中的獎品送給自己的情人。

原來如此，這條街是情侶經常會來，類似約會聖地的地方吧。

這個攤販鎖定的，大概也是那些約會中的男女。

這一點只要看擺在店面的獎品就知道，可以說是一目瞭然。

那個女孩大概是不好意思自己一個人玩打靶遊戲吧，一直等到情侶檔都走光了，店裡完全沒有客人的時候，總算才開始挑戰打靶。

不過，或許是因為不太擅長使用弓箭，她無論試了幾次都射不中想要的獎品。

那個女孩掏錢挑戰了好幾次，最後又來了一對情侶開始玩起打靶，她便將弓還給老闆，羞赧地準備離開。

……嗯嗯……

嚴格說來，她的競爭對手在我的小隊裡面，和我們的關係應該不能算多好，但是……

我走向那個女孩，隨口說了聲「嗨」。

「……？啊！那個，和真先生，你好……！」

——我看也不看向我打招呼的芸芸，直接把錢給了打靶攤位的老闆。

「狙擊！」

接著使用狙擊技能，一箭便命中了芸芸想要的獎品。

遭到狙擊，並滾了下來的獎品，是個看起來有點像冬將軍的武士造型布偶。

「拿去，妳想要這個對吧。」

我順手將獎品抓了起來，有點做作地直接遞給芸芸。

如果我站在芸芸的立場，即使會因此喜歡上這個人也不足為奇吧。

芸芸的臉頰微微泛紅，瞬間猶豫了一下，不知道自己應不應該拿。

隨後，她露出燦爛的笑容，喜出望外地說：

「謝……謝謝你……！」

「不可以啦這位客人，我不是在招牌上寫得很清楚嗎？謝絕弓手和具備狙擊技能者。獎品你可以拿去，可是要付我兩倍的費用喔。」

——一邊向老闆道歉，一邊補足差額的我，並不怎麼帥氣。

「那、那麼，我還在找我的隊員，再見了。」

一方面也是因為有點不好意思，我舉起一隻手向芸芸這麼說，正準備離開……

「咦？啊……那個……」

芸芸卻像是想留住我一樣，不捨地伸出一隻手……

然而，她那隻手伸到一半又縮了回去，並重新以雙手抱好拿在另一隻手上的布偶，對我深深一鞠躬。

「那、那個，謝謝、謝謝你幫我射中冬將軍！」

那個布偶果然是冬將軍啊。

因為曾經被那個傢伙殺死的心理陰影作祟，讓我冒出一股想拿真箭射向那個布偶的衝動，不過看在她那麼開心的分上就算了。

——我和芸芸分開後，再次開始在鎮上散步。

應該說，我的隊友那麼引人注目，原本還以為立刻就能找得到她們才對……

「好了，下一個挑戰者呢——！有沒有下一個挑戰者啊——？」

我順著那道聲音轉過頭去，發現不遠處有一群人正在圍觀。

這讓我產生了興趣，便朝那裡走去。靠近一看才發現圍觀的人淨是些體格健壯的傢伙。

我觀察了一下這裡的狀況……

「好！那接下來換我上！」

一邊這麼說一邊上前的，是個看似是冒險者，肌肉發達的壯漢。

由於他穿的是便服，看不出職業是什麼，不過從體格判斷肯定是前鋒。

男子拿起攤販老闆準備好的鎚子……

「打啊啊啊啊啊啊啊啊！」

便提振氣勢向下一揮。

鎚子落在某顆石頭上面。

石頭與鎚子對撞之後，迸射出許多小火花。

然後，經過鎚子的敲打，那顆石頭……

「可惡，這樣也不行嗎……」

正如語帶不甘的男子所說，石頭完好如初。

攤販老闆見狀，更是大聲吆喝：

「這位老兄也沒有成功！好了，接下來獎金來到十二萬五千艾莉絲！參加費用是一萬艾莉絲！只要每有一個人挑戰失敗，獎金就會增加五千艾莉絲！還有沒有人對腕力有自信的

啊？用魔法也可以喔！這是亞達曼礦石，只要能夠破壞這個東西，就可以自稱為一流冒險者！來吧，還有沒有人想試試自己的實力啊？」

原來如此啊——做生意的方式還真是五花八門啊。

對於正在考慮要做生意的我而言，這也是很好的學習。

不過，以我的技能和臂力，即使挑戰這個，也有點力不從心吧。

……忽然，不經意地看向某個地方的我，對著今天第三次見到的那個身影說：

「…………又見面了呢，芸芸。」

看見還是一樣獨自一人，緊張地握緊拳頭看著冒險者揮鎚的芸芸，我這次不假思索地向她打了招呼。

她好歹也是惠惠的自稱競爭對手，所以我原本以為她也會視我為敵，但看她剛才的反應，覺得她好像沒那麼討厭我。

芸芸看見我……

「啊！剛才真是太感謝你了和真先生！你看那個！大家在挑戰擊碎亞達曼礦石耶！」

便雙眼發亮，開心地這麼說。

在紅魔族的故鄉，是不是沒有這種遊戲性質的攤販啊？

「芸芸不是會用上級魔法嗎？要不要試著挑戰那個看看？老闆說也可以用魔法喔。」

聽了我這番話，芸芸說：

「以我的實力還對付不了亞達曼礦石啦……那一定要用破壞力強大的爆炸系魔法才行。先別說到爆裂魔法那麼好高騖遠的程度，如果是爆炸魔法大概還可以，不然至少也要用到炸裂魔法才有希望……」

說完，她苦笑了一下。

在我們說著這些的時候，又有更多人上前挑戰而又失敗。

不知不覺間，獎金已經超過了二十萬。

圍觀的群眾也越來越多，攤販的大叔為了炒熱氣氛，又開始吆喝：

「對這個城鎮的冒險者而言，亞達曼礦石的負擔太重了嗎！我可是聽說機動要塞毀滅者在這個城鎮被打倒了，才特地來到貴寶地的耶！好了，是不是就此不會出現能夠破壞這顆礦石的人呢？來喔、來喔、來喔！有沒有挑戰者啊？」

正當攤販老闆的嘴皮子也漸入佳境時，冒險者們彼此互推，示意著要人上前挑戰。

大家都知道這是攤販老闆的策略，但要是真的就這樣沒出現能夠破壞礦石的人，也是會覺得不太甘心吧。

——就在現場的冒險者們面面相覷之際。

一名少女從人群之中倏然現身。

身上穿的不是平常的長袍，而是上街時穿的黑色洋裝。我的隊員站上前去，挺起胸膛。

臉上擺出了和之前對抗毀滅者之戰當中的一樣，那種堅定的跩臉。

「——主角上場。」

當惠惠對老闆這麼說的時候，包括我在內的在場所有冒險者，都連忙上前壓制住她。

7

「喂，我只是一個什麼都還沒做的女孩子，這樣對待我未免也太超過了吧。」

現在惠惠被我從背後鎖住手臂和脖子，以便在她開始詠唱時，我可以隨時摀住她的嘴。

然後，她的身旁左右各有一個健壯的冒險者扣著她的手，緊緊抓住不放。

「喂，大叔，既然被這個傢伙發現了，你還是別做生意了吧！這個傢伙就是這個鎮上有名的爆裂狂。你那門生意，太容易刺激這個傢伙的神經了！」

聽我這麼說，攤販的大叔的臉變得蒼白，慌慌張張地就開始收攤。

惠惠看見這一幕便開始掙扎了起來。

「啊啊！我明明就破壞得了！以我的爆裂魔法，肯定可以破壞那顆礦石！」

「快逃啊！動作快，快走啊大叔！」

「噫——————！」

收攤工作一完成，攤販的大叔連忙全力衝刺。

而惠惠則是一臉遺憾地目送著他。

確認大叔順利逃走之後，我們解除了束縛，讓惠惠重獲自由。

眼見人群逐漸散去，我對惠惠說：

「……真是的，會在我沒看見的地方闖禍的傢伙，有阿克婭一個就夠了好嗎。話說回來，妳沒和阿克婭一起行動啊？」

「沒有，她說想去別的地方，所以我們就分開行動了。最近，因為期待著打倒毀滅者之後的報酬所帶來的經濟效應，有各式各樣的人都漸漸聚集到這個鎮上來。剛才有個在街頭賣藝賺錢的人，結果阿克婭在他旁邊免費表演更厲害的才藝，把那個街頭藝人弄哭了。」

好、好可憐……

雖然有點想設法處理那個傢伙，但要是又被捲入什麼紛爭當中的話又很麻煩。

所以可憐歸可憐，還是把那個傢伙交給那些街頭藝人吧。

這時，惠惠拉了拉我的衣袖。

「既然都碰面了，我們就一起在鎮上逛一下吧。另外一邊也有人在做類似剛才那個攤販的生意，我想去那邊，在老闆眼前晃來晃去嚇嚇他。」

「我原本還以為，妳除了爆裂狂的部分以外，應該是個更有常識一點的一般小女孩。」

正當我和惠惠你一言我一語，一步一步要轉身離去時，我們身後有人輕輕叫了一聲：

「啊……」

我回頭一看，芸芸正落寞地看著我們。

「……妳要一起來嗎？」

聽我這麼說，芸芸瞬間露出開心的表情，但在看見惠惠的瞬間就回過神來，搖了搖頭。

「我、我來到這個城鎮的目的是為了贏過惠惠！不是來和她培養感情！剛才在打靶攤的事情我很感激，真是太謝謝你了！可是……我不會和你們一起去！」

說著，芸芸將那個讓我看了就很不爽的布偶抱在胸前，往遠離我們的方向跨了一大步。

「她都這麼說了，我們走吧，和真。」

「喔，好……」

我們離開時，芸芸像是在抗拒我們似地，背對著我們。

「…………唉…………」

最後，芸芸落寞地嘆了口氣，垮著肩膀，拖著沉重的步伐向前走。

然後，芸芸依依不捨的轉頭往後看了一眼。

……於是，就和在附近的攤販買了類似可麗餅的東西，一邊吃一邊跟在芸芸身後幾步不遠處的我們，對上了視線。

「…………那、那個，你們幹嘛跟著我？」

「我想說跟著依舊孤僻的芸芸，應該可以看到妳寂寞的哭臉吧。」

聽了這番話，芸芸一把揪住了惠惠。

8

「芸芸在紅魔族當中，是出了名的以自己的名字為恥的怪胎。在學園裡的時候，多半都是自己一個人吃飯。只要我在孤單地吃著飯的芸芸面前大搖大擺的晃來晃去，她就會開心地向我挑戰，屢試不爽……」

「等一下！才、才沒有那麼誇張……應該沒有……才對……對、對啦，我好像是每天都向妳挑戰沒錯，但我一點都不孤僻，我也是有朋友喔。」

我們三個人一邊聊天，一邊往城鎮外面走去。

因為剛才說了半天，這兩個人又決定要一決勝負了。

這時，聽芸芸那麼說，惠惠停下腳步。

「妳剛剛說的話我可不能聽過就算了……芸芸竟然……有朋友……？」

「為、為什麼是那種反應！我也是有朋友的好嗎！惠惠也知道吧？像是軟呼呼同學，還有冬冬菇同學，都說我們是朋友，我也經常請她們吃飯……」

喂，別說了，我不忍心再聽下去了。

……看來是這麼回事吧，紅魔之里那個充滿怪人的地方，只有這孩子是唯一一個有常識的正常人，所以和大家格格不入。

真是太可憐了……

「所以，今天要比什麼來一決勝負啊？我只會用爆裂魔法，所以不太想靠魔法來一決勝負就是了。」

「……也對。這麼說來，妳也該學學其他魔法了吧。在那之後妳應該也存到一些技能點數了才對吧。」

「是存了不少。而那些全都用來點『爆裂魔法威力提昇』和『高速詠唱』……」

「笨蛋！為什麼就這麼拘泥在爆裂魔法上啊！」

很好，多唸她幾句。

「但這下可傷腦筋了……到底該拿什麼來一決勝負呢……」

在芸芸如此煩惱時，惠惠說：

「要比什麼都可以喔，我已經不是拘泥於輸贏的小孩子了。」

聽這個小蘿莉氣定神閒的這麼說，芸芸揚起嘴角輕輕笑了一下。

「已經不是小孩子了？這麼說來，我們以前曾經以發育程度來一決勝負呢。既然妳說自己已經不是小孩子了，那要不要再來比一次啊？」

但是，面對芸芸的這番挑釁，惠惠說：

「不，我所謂的已經不是小孩子，是在別的層面上已經不是小孩子了。畢竟，我和人在這裡的和真之間的關係，已經發展到一起洗過澡了。」

「！」

「！？！」

「喂！閉嘴啦，別把這件事告訴別人啦！」

聽了我和惠惠的對話，芸芸漲紅著臉，嘴巴一開一合地，渾身都變得僵直。

「………今、今天就算我輸好了——————！」

說完，芸芸便哭著跑走了。

剩下我和惠惠，在原地呆立了好一陣子。

最後，惠惠拿出某樣東西開始書寫起來。

仔細一看，好像是一本筆記本。

她在那本筆記上寫了今天的日期，畫了一個圈。

「今天也贏了。」

「妳、妳這個傢伙，這樣真的好嗎……？」

——目送哭著跑走的芸芸之後，我和惠惠決定回豪宅去。

「哎呀，你們回來啦。吶，你們看你們看。有個在街頭賣藝的人，說他已經不需要就給我了。聽他說，好像是要回故鄉去繼承老家農業的樣子。雖然搞不太懂，不過我真走運！」

回到家之後，我看見阿克婭坐在大廳的沙發上，拿著雜耍用的套圈，一臉滿足的樣子。

她重挫街頭藝人的心，還拿了人家吃飯的傢伙啊。

我原本還想叫她別擾亂別人的人生之類的，但是……

「達克妮絲還沒回來呢……她今天晚上也該回來了吧。」

望著靈巧地耍著套圈的阿克婭，惠惠喃喃地這麼說。

——結果，這天達克妮絲卻還是沒有回來。

第三章 為貴族千金促成良緣！

1

「喂，阿克婭，不要每次都害我浪費口水，乖乖讓出那個位子。既然達克妮絲沒回來，那今天也沒辦法出任務了。我接下來還得設計要放在維茲的店裡賣的商品，給我讓開。」

聽我這麼講，一樣占領了暖爐前的沙發，抱著膝蓋坐在上面瞇著眼睛打盹的阿克婭說：

「幹嘛那麼暴躁啊？你最近也太神經質了吧，就算達克妮絲沒有回來也不用這樣吧？先別說這個了……聽說惠惠在和那個叫芸芸的女生對決的時候說過一句好話。凡事都得付出相對的代價。如果你希望我把這個溫暖的地方讓給你，就得奉上對等的東西讓我滿意才行。我想想，具體來說的話嘛……」

說到這裡，阿克婭瞬間煩惱了一下。

「……汝，冀望神所棲息之地者啊……將高級酒奉獻給吾吧。如此一來，溫暖的光芒將會照耀迷途的尼特。」

真該甩這傢伙一巴掌才對。

惠惠也真是的，幹嘛教這個笨蛋那種多餘的事情。

「喂，墮落女神，有那個閒工夫一大早就吵著要喝酒，妳還不如給我想個辦法賺錢吧。說真的，憑什麼我就非得要這麼辛苦啊。領主的宅邸欠下的債款我會想辦法，妳倒是去設法解決賠償水災的部分啊。否則，要是妳有那麼一點點覺得對我過意不去的話就快讓開。」

聽我叫她墮落女神，阿克婭一臉嫌惡地說：

「喂，別再幫我取那種奇怪的代稱了好嗎？什麼沒用女神、墮落女神的。要是你繼續稱呼我為墮落的女神，真的很有可能遭天譴喔。像這次領主的事情也是，說不定是因為和真太不愛護我這個神，而終於遭到報應了。和真才是呢，要是你覺得對我過意不去的話，就一邊說『對不起，美麗的阿克婭大人』，一邊獻上高級的酒吧。去買啊你，還不快點去買……」

「『Steal』。」

見阿克婭還賴在沙發上，抱著膝蓋無理取鬧，我向她伸出一隻手，便如此喊唱一聲。

隨著錢幣碰撞的聲音，阿克婭的錢包就出現在我伸出去的手上。

「……幹嘛啦，你這個小偷！你這樣可是現行犯喔，要是我把你扭送警局的話，延緩判決的決定也會遭到取消吧。嘿——和真是罪犯——！難不成你想拿我的錢去買酒嗎？我的意思當然是叫你拿自己的錢去買……」

「『Steal』。」

阿克婭的話還沒說完，我又對她施展了「Steal」。

我的手上，冒出阿克婭腳上那雙襪子中的一隻。

阿克婭依然抱著膝蓋，故意動了動襪子遭竊的那隻光腳的腳趾頭，就像在對我抗議。

「……你幹嘛啦，這樣會冷耶。把襪子還給我啦，變態。要是再不趕快還給我，我就報警說有個變態偷走我的襪子還興奮地喘著氣喔。聽懂的話……」

「『Steal』。」

也不知道阿克婭身上帶著這種東西到底要用在哪裡。

施展了「Steal」的我，手上冒出了某種種子。

阿克婭見狀，表情顯得有點不安。

「吶、吶，和真。這種玩笑或是惡作劇一點也不好玩，不是什麼好事情喔。我也有點太得寸進尺了，我會反省。那麼，我們彼此向對方說聲對不起，就此和好吧。」

「『Steal』。」

我將出現在手上的，阿克婭的另一隻襪子，隨手往地毯扔去。

然後對阿克婭緩緩開口說：

「……我馬上就去籌一大筆錢來。妳不是說妳那件羽衣是什麼神具嗎？借我一下，我幫

妳拿去賣掉。不想要我硬脫的話，妳就到別的房間去自己脫給我……不過，反正妳大概還是會說不要，所以我還是現在就在這裡硬脫好了。」

我故意動了動伸出去那隻手的手指給阿克婭看，她便帶著僵硬的表情說：

「你在說什麼啊？這件羽衣可以說是我身為女神的身分證明喔怎麼可以拿去賣啊你白痴嗎說什麼白痴話啊這種玩笑一點也不好笑……」

「『Steal』。」

「啊啊和真大人啊啊啊！是我不該得寸進尺，是我不對，別這樣、別這樣啊——！」

——幾分鐘後。

「嗚……抽噎……嗚嗝……嗚嗚……」

阿克婭依然在沙發上抱著膝蓋縮成一團，並把臉埋在雙膝之間。

至於她現在的模樣……

——除了光著一雙腳以外，還是和平常沒有兩樣。

「可、可惡，為什麼只有在這種時候妳的狗屎運特別強……應該說，這堆破銅爛鐵到底是要用來幹嘛的啊……」

從阿克婭身上偷來的大量破銅爛鐵全散落在我的腳邊。

那些看起來像是宴會才藝用的東西，像是種子、杯子、玻璃珠……

地毯上的狀態，看起來就像是把小孩子口袋裡的東西全都掏出來，散亂了一地那般。

可惡，都是這個傢伙，害我平白浪費了不少魔力。

「你們為什麼又從一大早就大吵大鬧的啊，到底怎麼了？」

我還站在啜泣的阿克婭前面，這時打扮得像是要去出任務的惠惠下樓來，並這麼問我。

「嗚嗝……和真他……為了還債……說要賣掉……居然硬是想要脫掉我的衣服……」

「喂、喂，妳給我閉嘴，那種支離破碎的講法會導致誤會好嗎！是、是我不好，我向妳道歉就是了，惠惠也別用那種眼神看我！我只是想拿這個傢伙的裝備去變賣而已！」

阿克婭啜泣著，我被惠惠以輕蔑的眼神看著，就在這麼一個和平常沒兩樣的早晨。

「不、不好了！和真，大事不妙了！」

突然，有一位美女衝了進來，打破了如此平和的氣氛。

那位美女穿著給人清純的印象，看起來又昂貴的洋裝，腳上踏著白色的高跟鞋，一頭漂亮的長金髮紮成一條辮子，從單邊肩膀垂向前方，看起來就像哪個好人家的千金大小姐。

但儘管打扮得如此清純，還是掩藏不了她那誘人的身材。

那位陌生的美女，嘴裡卻叫著應是素昧平生的我的名字。

「……妳是哪位？」

「嗯嗯……？唔……！和真！現在可不是鬧著玩的時候！這種遊戲晚點再玩好嗎！」

眼前那位清純美女紅著臉說出這番不像樣的發言，總算讓我察覺到她是誰了。

「什麼，妳是達克妮絲嗎？害我們這麼擔心，妳終於肯回來啦！」

聽我這麼說，原本就在啜泣的阿克婭立刻哭喊：

「哇啊啊啊啊啊啊！達克妮絲，和真他啦————！和真他、他硬是想要扒光我的衣服，想把我最重要的東西賣掉……！」

「喂！那種講法更容易造成誤會，妳給我閉嘴！」

正當我和阿克婭吵吵鬧鬧的時候，惠惠對達克妮絲說：

「達克妮絲，歡迎回來。我不會過問妳是發生了什麼事情。來吧，妳先好好泡個澡，撫慰自己的身心吧。」

「……？泡澡？惠惠，妳到底在說什麼啊？應該說，我對於阿克婭剛才說的特殊玩法比較有興趣……」

身穿洋裝的達克妮絲不時瞄著我和阿克婭，一副心癢難耐的樣子。

「妳是還沒睡醒嗎，別說那種夢話了，今天先好好休息吧。至少妳人回來了就好。乖，去泡個溫暖的澡大哭一場吧。」

「我說啊，你們從剛才開始究竟都在說些什麼啊！為什麼我得大哭一場才行？為什麼我非得泡澡不可……怎麼了，阿克婭？幹嘛拉我的裙擺。」

不知不覺已經停止哭泣的阿克婭拉了拉那件純白洋裝的裙擺，像是在確認材質，並說：

「……肯定不會錯，這可是高檔貨啊。一定是領主送給妳當額外獎賞的吧。」

「達克妮絲……看來妳相當善盡職責啊……為了救我，真是辛苦妳了……」

我感慨萬千地對達克妮絲這麼說。

「笨蛋！你們到底是誤會了什麼啊！領主不但沒有對我做什麼奇怪的事情，這件洋裝也是我自己的！怎麼，難不成你們以為我沒有回來，是因為我在領主那邊任他恣意玩弄嗎！」

「不然呢？我們一直在想妳現在不知道多悽慘……不過，既然妳說不是領主給妳的，那這身看起來很貴的洋裝到底是怎麼回事？妳說那是妳自己的東西吧，所以是在玩千金小姐的角色扮演嗎？妳這是在開發某種新型態的玩法嗎？」

「不對！這、這才不是角色扮演！抱歉，害你們擔心了。不過那個領主也沒有那個膽量對我做出那麼無禮至極的要求啦……但別說這些了，你們先看看這個！」

說著，達克妮絲遞了一本相簿給我。

與其說是相簿，這應該是……

「……這是什麼？喔喔，這是哪來的型男？看了真不爽。」

看著那張印了一個陽光型男的照片，我下意識就順手一撕……

「啊啊！看你對相親照做了什麼好事！被你這麼一撕，我是要怎麼回絕這次相親啊！」

嚇！

「喔喔，抱歉，一時不小心！不知道為什麼，手就這樣無意識地動了，我自己也無法控制……應該說，相親照是怎樣？」

我拿著那張相親照，歪頭不解。

「沒錯！該死的阿爾達普，居然要小手段！雖然我說會答應他任何事情，但要是做出太無禮的要求，家父應該也會立刻回絕。正因為知道這點，我當時才會那樣說，沒想到……」

狼狽不堪的達克妮絲不知所措地這麼說。

「等等，妳、妳先停一下，說明得清楚一點嘛。這個型男是誰？應該說，逼妳和不喜歡的對象結婚也已經是夠無理的要求了吧。再說了，那個領主和這張相親照上的型男又有什麼關係？話又說回來，達克妮絲這麼不願意的話，叫妳爸回絕不就好了？我現在就幫妳把相親照修好。阿克婭，不好意思，能幫我拿飯粒過來嗎？」

「好喔——」

看著阿克婭跑走之後，我為了讓著快哭出來的達克妮絲冷靜，就建議她去沙發上坐著。

「相親照上面的是阿爾達普的兒子。該死的阿爾達普，八成是知道要是提出他本人要和我結婚的要求，也只會被回絕吧。但是，我的父親對於阿爾達普唯一的正面評價，就是他的兒子。該怎麼說呢，其實對這樁婚事最積極的就是家父了。不過，我實在搞不懂，為什麼阿爾達普要讓他的兒子和我結婚……」

說著，達克妮絲在沙發上坐了下來，看著亂七八糟的茶几。

阿克婭拿著飯粒回來之後，直接坐到達克妮絲身邊，在沙發前的茶几上開始擅自修復起照片來。

阿克婭正在用的那張茶几的一角，胡亂放著一堆我用來構思要放在維茲店裡販售的商品的設計圖。達克妮絲拿起其中一張，興致勃勃地問：

「……這是？上面畫的東西還真奇怪。這是什麼？」

人在玄關穿著靴子的惠惠一邊回答：

「其實，達克妮絲不在的這幾天，我們想了很多賺錢的方式。那些是和真想到的各種便利道具。他好像計劃著要把那些放在維茲的店裡寄賣。」

「喔？這麼說來，和真的幸運值好像很高嘛。的確，這樣或許是很適合做生意喔。」

「說到我的運氣很好，最近我非常懷疑這一點就是了。如果我真的那麼好運的話，應該可以結交到更派得上用場一點的同伴才對。也不會背債，或是被捲入任何糾紛當中，應該可以過著更好的生活吧。」

聽我這麼說，她們三個人都抖了一下。

「我、我現在之所以會像這樣為了相親而煩惱，其實都是因為幫和真說話而起的啊！不，當然，我的意思不是要你報答我什麼！畢竟所謂的同伴，最重要的就是互相幫助！平常我給你添了那麼多麻煩，所以現在換我像這樣幫助你也是理所當然的事情！」

達克妮絲如此闡述，卻有一道汗水從她的臉頰上滑落。

「我、我和芸芸約好了，等一下要和她碰面！對，其實是這樣的！為了洗刷和真的嫌疑，我打算和芸芸一起想各種辦法……！」

惠惠別開視線，在玄關這麼說。

所以她剛才才會在準備出門嗎。

「感覺和真的嫌疑有她們兩個人就可以搞定了，那我去掃一下廁所好了！雖然不覺得有哪裡髒，但我就是很在意廁所！廚房衛浴這些會用到水的地方交給本小姐就對了！」

放下修復照片的工作，廁所女神為了逃離現場而跑去掃廁所了。

——就在大家各自逃跑的時候。

達克妮絲像是想要留住她們似地揮動著她的手，並且哭喪著臉對我們說：

「怎、怎麼辦。其實……這幾天我沒有回來，就是在努力設法阻止雙方漸漸有所進展的相親事宜……應該說，我之所以來這裡也是為了這個……相、相親就在今天中午。真的已經沒有時間了。不好意思，你們有沒有人願意和我一起回去，說服家父啊？」

2

「……總而言之，就是達克妮絲的爸爸一直很想讓妳放下危險的冒險者工作，所以從以前開始，只要逮到機會就會擅自安排妳去相親。然後，達克妮絲目前還不打算結婚，因此之前的相親全都被妳回絕了。」

已經穿好長靴的惠惠，坐在玄關這麼說。

而阿克婭也在茶几上繼續修復照片。

原本是撕破照片的我是想要自己修復的，但看她做得好像很開心，而且又修得異常漂亮，所以我決定隨她高興。

這個傢伙在這種無關緊要的方面真的是非常多才多藝啊……

「……嗯，沒錯。老實說，我非常滿意目前的生活。只要繼續做這份工作，成了知名的冒險者，或許總有一天會有邪惡的魔導士或是魔王軍的爪牙盯上我，而我抵抗到最後還是被他們逮住，落到非常不得了的下場。到時候一定非常悽慘，被上手銬腳鐐，還衣衫不整什麼

的……！唔……！住、住手啊……！」

「妳還是早點退休嫁人比較好吧。」

見達克妮絲沉浸在自己的幻想中，紅著臉開始扭扭捏捏了起來，我稍微從她身邊退開。

惠惠晃了晃手上的法杖，疑惑地說：

「原來如此，之前的相親因為是達克妮絲的父親提出來的，還可以拒絕，但這次是領主提出的相親，而也妳已經承諾會答應他任何事情了。達克妮絲的父親很積極，領主也很積極，在這樣的狀況下妳就無法拒絕相親了。不過，那個領主這麼拐彎抹角也想得到妳，他對達克妮絲這麼執著的理由到底是什麼啊？而且，想讓妳當他的兒媳婦的理由我也不懂。以他領主的地位，只要有心的話，想以強硬手段納達克妮絲為妾應該也辦得到吧。」

聽了惠惠這番話，達克妮絲低下頭來。

她在胸前交疊雙手，手指互搓了一陣，終於開了口：

「……我、我的本名是，達斯堤尼斯・福特・拉拉蒂娜。是個……有點規模的貴族家的女兒……」

「「「咦咦！」」」

看見我們驚訝的模樣，達克妮絲瞬間露出落寞的表情，臉色一沉，看起來很難受。

她之前報上名字的時候，一定也像這樣嚇壞不少人吧。

「達斯堤尼斯……！那可不是有點規模，而是超級大的貴族家吧！真的是號稱這個國家的首席參謀的那個達斯堤尼斯家？而且居然就住在這個鎮上？」

對於驚訝地大叫的惠惠，達克妮絲輕聲說：

「……是的。」

接著阿克婭也說：

「什麼！那如果去當達克妮絲家的小孩，就可以每天無所事事，過著奢侈的生活囉？」

對於搞錯重點的阿克婭，達克妮絲以有點困惑的語氣說：

「是、是啊……不、不過，我們家目前不缺養女……」

而我對正感到困惑的達克妮絲吐嘈了最重要的一點。

「達克妮絲，妳這個傢伙……！平常總是把『嗯』、『是啊』之類的話掛在嘴邊，裝出那副一本正經的騎士模樣！竟然叫拉拉蒂娜這麼可愛的本名喔！」

「不、不准叫我拉拉蒂娜……！」

拉拉蒂娜漲紅著臉，眼角帶淚，如此大喊。

剛才過於驚訝而站了起來的惠惠再次坐回玄關的地毯上，然後說：

「嗯……雖然這件事確實是讓人很驚訝，但達克妮絲還是達克妮絲。對我而言，達克妮絲就是超耐打的十字騎士，也是重要的同伴。就只是這麼回事罷了。」

聽惠惠這麼說，達克妮絲露出有點開心的表情說：

「……嗯，今後也請多多指教……」

說著，她安心地笑了。

看著她們兩個人這樣，阿克婭也喜孜孜地指著自己說：

「……吶、吶，我也跟著說一件會讓人嚇一跳的事情可以嗎？那個，雖然之前說的時候妳們都不相信……可是我其實真的是女神喔！」

「「這樣啊，好棒喔！」」

「相信我啦——！」

阿克婭嘴上嘀咕著，手上又開始著手進行以飯粒修復相親照的作業。

看著這樣的三個人，我一個人開始想事情。

原來如此，這樣就有很多事情都說得通了。

包括達克妮絲為什麼有的時候比來自日本的我還要不諳世事，還有為什麼穿著這種格格不入的角色扮演服之類。

領主之所以想讓自己的兒子和達克妮絲結婚，應該也包含了政治婚姻的含意在吧。

還有，如果沒辦法占為己有的話，至少可以住在一個屋簷下之類。

如果就這樣放著不管的話，我們隊上重要的十字騎士就要嫁人了。

重要………的……嗯？…………嗯嗯？

「那我們可得帶著這張照片回去，說服達克妮絲的爸爸才行。來，你看這個。如何啊？修得很完美吧？」

正當我覺得有些在意，並開始沉思的時候，阿克婭一臉得意地將相親照遞給了我。相親照修復得完美如初，完全看不出來到底破在哪裡。

……等一下，達克妮絲會嫁人？

這就表示，有個攻擊打不中敵人的十字騎士，會因為結婚離職而從我的小隊當中離開。

結婚離職……沒錯，說起來這是非常喜氣的一件事。

我不是把她當成派不上用場的孩子從小隊當中趕走。

我也不討厭達克妮絲這個人。

儘管有很多奇怪的地方，但她不是個壞人。

但是，我的小隊的前景那麼不樂觀，達克妮絲又是貴族千金，這樣把她綁在這裡當冒險者真的好嗎？

——不，當然不好。

要是達克妮絲結婚了，她的父母也可以放心吧。

說來說去，我也是滿擔心達克妮絲的啊。

要是真有個什麼萬一，我們到了魔王城，碰上什麼危險的話，這個傢伙肯定會興高采烈地說什麼「你們先走不用管我」之類的話吧。

被逮住之後，一定也會喜孜孜地，一面說什麼「唔……！殺了我吧……！」之類，一面期待會被如何對待吧。

沒錯，換句話說，這是能夠讓大家都得到幸福的好主意！

「唉……一定要編個理由出來，鄭重地將這張照片還給對方，同時說基於如此這般的理由、道個歉，並試著藉此設法說服家父……所以，我希望有人可以陪我回去做這件事……」

達克妮絲看著修復好傳回我手上的相親照，表情放鬆了一些，如此拜託我們，這時……

「就是這樣啊啊啊————！」

「「「啊啊啊啊啊啊！」」」

我將相親照撕成了兩半。

3

「那麼，我和芸芸還有約，要先出門了。我對於和真所謂的想法只有非常不祥的預感，真的沒問題吧？……達克妮絲就交給你囉？」

惠惠不安地回頭看了我好幾次，帶著擔心不已的表情出門去了。

對我而言，惠惠得出門真是再好不過。

惠惠、阿克婭、達克妮絲這三個人當中，留在這裡會最難處理的，恐怕就是惠惠了吧。

「嗚嗚嗚嗚……好不容易……人家好不容易才修復回原樣……」

阿克婭坐在沙發上，因為自己修復好的相親照又被撕毀而哭哭啼啼地鬧著。

——目送惠惠出門的我，感覺到有強烈的視線刺在我背上。

視線來自達克妮絲，她眼中噙著淚，不發一語地瞪著我。

還有阿克婭，她也一樣噙淚看著我。

好、好可怕。

「妳、妳們冷靜一點。為了今後著想，這樣也比較好。」

聽了我臨時開脫用的藉口，依然淚眼汪汪的達克妮絲問：

「……怎麼說？」

我開始向達克妮絲和阿克婭細細分說。

簡單來講，就是為了讓她今後繼續從事冒險者的工作，趁現在相親一次比較好。

雖然這次是和領主的兒子相親，但就算回絕了這次相親，達克妮絲的老爸橫豎還是會立刻安排下一次。

難道每一次的相親，達克妮絲都要一一拒絕嗎？

要是達克妮絲的老爸受不了了，最後很有可能會採取強硬手段。

既然如此，不如答應一次，然後在相親的時候徹底搞破壞。這就是我的提議。

雖然說要徹底搞破壞，也只是在不至於損及達克妮絲她們家的名聲的程度，設法讓對方主動拒絕這門婚事。

如此一來，達克妮絲的父母在安排下次相親的時候也會變得比較謹慎。

畢竟要是相親好幾次，每次都被對方回絕的話，也是家門之恥。

當然，我和阿克婭兩個人也會以傭人的身分跟她去相親。

然後偷偷協助達克妮絲，讓相親對象討厭她。

更何況這次的相親對象，是惡名昭彰的領主家。

即使是為了讓她老爸引以為戒而破壞了這次相親，對達斯堤尼斯家造成的傷害，也比在和其他正派的貴族相親時搞破壞要來得輕微吧。

——兩人聽我說完……

「就、就是這樣，和真！就用這招吧！如果這招順利成功的話，我就不用在家父每次安排相親的時候都要回去扳倒他了。」

她、她老爸還真可憐……

「原來如此，這招不錯嘛！我還以為你是想說『只要讓其中一個問題兒童嫁出去的話，就可以找一個新隊員來遞補，這樣我也可以比較輕鬆呢，呀哈——！』之類的呢！」

聽阿克婭這麼說，害我抖了一下。

「才、才不是呢！像達克妮絲這樣優秀的十字騎士，我怎麼捨得放棄她呢？……別、別這樣啦妳們，不要用那種眼神看我，我也有一半是認真的好嗎……」

4

達斯堤尼斯公館。

位於鎮上的中央大道的這棟宅邸，呈現出不負大貴族之名的風貌。

「真、真的嗎？真的可以嗎，拉拉蒂娜！妳真的願意積極考慮相親嗎？」

拉拉蒂娜……我是說，達克妮絲的老爸，握著達克妮絲的手，興奮地這麼說。

這裡是達克妮絲的老家，就在這個鎮上，我們人在其宅邸裡面。

達克妮絲剛才就在此告訴她的老爸，自己願意去相親。

「是真的，父親大人。拉拉蒂娜這次想去相親看看。」

聽了達克妮絲這番話，我和阿克婭不禁低下頭來。

「吶吶，和真先生、和真先生，她剛才叫的是『父親大人』喔。」

「妳、妳白痴啊，拉拉蒂娜更爆笑好嗎，她居然叫自己『拉拉蒂娜』耶。」

看著遣詞用字和平常完全不一樣的拉拉蒂娜大小姐，我和阿克婭低聲交頭接耳，忍笑忍到肩頭顫抖不已，害大小姐紅著臉瞪了過來。

達克妮絲的老爸看著這樣的我們，似乎覺得有點可疑。

「拉拉蒂娜，這兩位是？」

聽他這麼一問，達克妮絲便朝我和阿克婭伸出手。

「這兩位是我的冒險同伴。這次相親，我想請他們兩位以臨時的執事和女僕身分，與我一同列席。」

對此，他老爸皺起眉頭，面有難色。

「嗯……但這……」

這樣可不行。

我向前踏出一步，單手放在胸前，筆挺地站直身子。

「幸會。我是冒險者佐藤和真，平日受到拉拉蒂娜大小姐多方關照。這次，若是相親

順利成功的話，屆時因為身分差距等因素，我們恐怕將無法再見到拉拉蒂娜大小姐。既然如此，明知這麼做太過逾矩，我們還是想在最後這一刻，待在拉拉蒂娜大小姐身邊，見證對方是不是值得我們最重要的同伴託付的人。」

我完全沒有吃螺絲，流利地說完這一連串台詞，然後深深一鞠躬。

現在的我真是超酷的。

只要能夠順利讓大小姐出嫁，我覺得自己可以辦到任何事情。

見我突然變了一個人，達克妮絲和阿克婭都傻愣在一旁。

——傭人帶我們來到會客室。

「請在此稍候。現在正在幫兩位準備執事服等用品。」

傭人請我們在會客室裡的沙發坐下，並為我們泡了茶過來之後，向我們說聲「請慢用」，便離開了這裡。

不愧是大貴族的會客室。

乍看之下很樸素，但還是看得出花了不少錢，維持著貴族的氣派。

我們原本乖乖坐著等了一陣子，但立刻就覺得這樣乖乖等下去很無聊了。

靜不下來的我們在會客室裡晃來晃去，將房間裡的諸多擺飾都拿起來端詳。

沒有鑑定眼光的我看不出東西的價值，不過肯定每一樣都很貴吧。

比方說，掛在牆上的這幅畫。

乍看之下很像小孩子的塗鴉，不過這幅畫一定是所謂的前衛藝術。

我一邊看著那幅畫，一邊摸摸下巴，嘴裡不住低吟，裝出一副自己很懂這幅畫的樣子。

「和真，你那麼喜歡那張塗鴉啊？」

不懂藝術的阿克婭看到我正在欣賞的那幅畫，便對我這麼說。

「喂喂，沒教養的人就是這樣。這是所謂的前衛藝術，看得懂的人就會知道這是一幅多麼美好的畫。肯定是哪位知名畫家的作品吧。」

聽見不懂裝懂的我這麼說，悠閒地坐在沙發上的阿克婭說了：

「但看在學過畫的我的眼中，那只是普通的塗鴉就是了呢。」

我聳了聳肩，對阿克婭搖搖頭說：

「真是的，畫得出好畫和有沒有鑑定的眼光是兩碼子事啊。你看這邊，這個乍看之下像是塗鴉的部分，像這裡就很……」

正當我隨便向阿克婭講解這幅畫時，達克妮絲就走進了會客室裡。

「久等了，你們兩個……喂，和真，那張是我小時候畫的我的爸爸。家父很喜歡這張畫，所以掛在這裡向客人炫耀，不過你們不要一直看，我會覺得很丟臉……喂、喂你幹嘛！

別拉我的辮子！」

看見阿克婭像是在調侃我似的奸笑著，大出洋相的我一把拉住達克妮絲的辮子。這時，女僕拿著執事服及女僕裝走進會客室。

「和真先生，這是執事服。尺寸應該沒問題才是，請您試穿。」

我從女僕手上接過衣服，跟她到隔壁的房間去更衣。

……嗯，剛剛好。

「看來很合身。」

聽我這麼說，女僕行了個禮，便退到房間的角落去。

——順利讓達克妮絲的老爸答應雇用為臨時執事的我，換上了整套的執事行頭，回到等著我的達克妮絲身邊。

穿上女僕裝的阿克婭已經在那裡了。

所謂人要衣裝，沒想到她穿起清純的女僕服還滿適合的。

「阿克婭，很適合妳嘛。現在的妳，看起來真的很像是一流的跑腿仔喔。」

「和真才是，瞧你像個逞能的見習執事似的，真的很不錯。感覺就會被壞心的前輩欺負，自己躲到宅邸後面去哭，真的相當不錯。」

「哎呀，妳說的話很有意思呢。如果這裡不是貴族的宅邸的話，我早就給妳一點顏色瞧瞧了……那麼，妳準備好了嗎？拉拉蒂娜大小姐。」

「別、別叫我拉拉蒂娜大小姐！有其他人在的時候頂多叫我大小姐就好了！」

達克妮絲害羞地衝著我這麼說。

相親好像是在這棟宅邸裡進行。

然後，剛才達克妮絲的老爸拜託了我。

他居然拜託了我。

他說，請你鼎力相助，別讓小女對相親對象做出失禮的舉動。

而且不僅如此。

他還說，要是相親進行得很順利，我願意支付酬勞給你。

這下子我和她老爸不但利害關係一致，還多出酬勞這種附加價值來了。

如此一來，要我不拿出幹勁來也難。

要是領主的兒子是一無可取的傢伙，那我也會加入干擾的一方，但這下如果只是個有點討人厭的傢伙，我大概會睜一隻眼閉一隻眼吧。

「你們兩個，往這邊走。聽好囉！該做什麼你們都清楚吧？拜託你們囉！」

達克妮絲隱約帶著有點不安的表情，親自帶領我們前往玄關，迎接相親對象。

左右有達斯堤尼斯家的女僕隨伺，昂首邁步的達克妮絲，看起來就真是個千金大小姐。

前往玄關的一路上，跟在我後面的阿克婭發揮她銳利的眼光，找尋各種值錢的擺飾。

「喔喔，這個看起來相當不錯……」

阿克婭像是在看什麼稀奇的東西似地，端詳著一個帶著把手的甕。

無論是看出這個甕的價值，還是看穿剛才那張塗鴉，這個傢伙似乎對美術品很有概念。

我對阿克婭正在看的那個甕產生了興趣，隨手就捧起來。

很有重量呢。

「這個很貴嗎？大概值多少啊？」

「喂、喂……你們不要亂碰這邊的東西，那個是家父很珍惜的甕……」

達克妮絲伸手握住我拿起來的這個甕兩側的把手。

「根據我雪亮的鑑定眼，這個甕看起來……」

啪喀！

「「啊！」」

清脆的破碎聲響起，隨著達克妮絲和我的輕聲驚呼，她的手裡只剩與甕分離的把手了。

「……這個甕看起來是變成一堆垃圾了呢。」

「怎怎怎、怎麼辦！這是家父的東西耶，怎麼辦！」

達克妮絲拿著斷掉的把手驚慌失措。

「冷、冷靜一點！妳老爸現在不在這裡！方法有兩個！一個是等相親對象到了之後老實招認。這樣一來，在客人面前妳老爸一定也不好意思真的動怒！第二個方法！總之先用飯粒之類的緊急修復，並且將那個甕放在妳老爸拿起來的時候容易不小心摔到地上的位置！」

「原、原來如此，就是這招了！不愧是和真，腦筋動得真快！好，即使在相親對象面前坦承，等到對方回去之後還是有可能被訓話！現在還是暫時修復，然後放到容易摔落的地方，並且鄭重叮囑傭人們千萬不能碰，才是上策！」

聽著我和達克妮絲的對話，達斯堤尼斯家的女僕說：

「……這位客人，不好意思……能否請您不要教我們家大小姐這種奇怪的事情呢……」

5

——傭人們在宅邸的玄關前一字排開，達克妮絲和她老爸則是站在玄關前的正中央。

我和阿克婭則是隨侍在達克妮絲的兩旁。

我忽然想到，這麼說來，怎麼四處不見達克妮絲的老媽？不過現在還是先不管這個了。

對方好像就快到了。

「不過……沒想到妳會答應相親，我真的很高興啊……阿爾達普說有事情找我談的時候，我還以為是怎麼回事，一問之下，他還說妳應該不會拒絕。先不論阿爾達普那個傢伙，他的兒子巴爾特真的是個好男人。妳一定會幸福的，拉拉蒂娜。」

達克妮絲的老爸開心地對她笑著說。

但是，達克妮絲斷然道：

「討厭啦父親大人，拉拉蒂娜只有說會積極考慮相親而已喔，呵呵呵……經過考慮之後，我還是覺得現在嫁人太早了。事到如今已經太遲了。我答應要相親，但可沒說要結婚！我要大搞破壞。相什麼親啊，我一定要大肆破壞一切！哼哈哈哈哈！」

達克妮絲似乎覺得不需要再演下去，而露出了本性！

她老爸見狀，也察覺到我們真正的意圖，臉色變得蒼白……

「難、難不成那兩個人來到我們家的目的，打從一開始就是這個……！」

她老爸害怕地看著我。

糟糕，達克妮絲那傢伙，一激動就把控制在不至於損及自家名聲程度這個前提給忘了。

到了這個地步，她大概已經不顧一切了吧。

既然如此，我也不需要再繼續演下去了。

「……大小姐，您的遣詞用字太不得體了，請別這樣說話。」

聽我這麼說，達克妮絲和她老爸訝異地看向我。

阿克婭似乎頗中意那身女僕裝，完全沒在管現場的氛圍，拎著裙擺開心地甩來甩去。

察覺到我話中的真意之後，達克妮絲的表情變得越來越凝重，反觀她老爸則是眼中泛淚，以像是在看救世主的眼神望著我。

「和真，你、你這個傢伙……！這是什麼意思，你打算背叛我嗎！」

「談不上什麼背叛不背叛的，大小姐。在下現在是達斯堤尼斯家的臨時執事，讓大小姐得到幸福是在下最大的心願。」

聽我這麼說，她老爸先是「喔喔……」地感嘆，然後說：

「你、你叫和真對吧！即使這次相親沒能成功……至少，你只要從旁協助，別讓拉拉蒂娜對相親對象做出失禮的舉動就可以了！我會給你一筆可觀的酬勞！所、所以……！」

在她老爸說完整句話之前，我已經深深一鞠躬。

「請交給在下吧，老爺。我和真必定會全心全意協助大小姐……」

——就在這個時候。

宅邸的大門「喀嚓」一聲開啟，那照片中的男子就出現在門前。

身邊還跟著幾個隨從。

達克妮絲一副要先聲制人的樣子，雙手抱胸，瞪著相親對象大聲放話！

「你這個臭小子就是本小姐的相親對象吧！本小姐名叫達斯堤尼斯・福特・拉拉蒂娜！以後你就叫我達斯堤尼斯女王……」

「哎呀危險啊大小姐！您的頭部後方有隻會叮人的蟲！」

我用力地往達克妮絲的後腦杓打了下去！

6

在我阻止了失控的達克妮絲之後。

我們宣稱想確認蟲子有沒有叮到大小姐，便離開相親對象身邊，移動到隔壁的房間去。另一方面，達克妮絲她老爸正在陪相親對象，爭取時間。

「喂，你到底想怎樣！你不是來助我一輩之力的嗎！」

達克妮絲拎著我的後領，把我帶到走廊上。

而依然不太了解狀況的阿克婭則是跟在達克妮絲身邊。她似乎喜歡上達克妮絲的辮子摸起來的感覺，興致勃勃地握在手裡一直捏。

——而現在，進入了達克妮絲質問我的時間。

「總之妳先冷靜下來吧，大小姐。妳這個傢伙忘了一件重要的事情對吧。」

「只有我們三個人的時候不准叫我大小姐！……你說的重要的事情是什麼？」

達克妮絲稍微恢復了冷靜，態度也和緩到願意聽我說話了。

「妳完全忘記不可以損及自家名聲這部分了吧。要是今天搞出什麼太誇張的負面評價，受害最深的還是妳自己喔。」

聽我這麼說，達克妮絲皺起眉頭。

「我有什麼好受害的！只要負面評價傳開來，我沒地方可以嫁，就可以心無罣礙繼續從事冒險者的工作了！最糟糕的狀況也不過是被家父逐出家門，這我也已經有所覺悟了……被逐出家門，因前途茫茫而感到不安……儘管如此，我還是拚命想要活下去，或許還會因此接下一堆負擔過重的任務。然後，逞強到最後身體撐不住了，在力有未逮之下被魔王軍的爪牙抓了起來，慘遭壓制……！…………我想過的是這樣的人生啊。」

「妳這個傢伙終於承認了啊。」

表明了某種方面來說很不得了的心願之後，她大小姐接著又開口：

「再說，那男人根本不是我喜歡的類型。父親安排的相親，大多都不是什麼好對象。」

聽她這麼說，我感到疑惑。

不，對方看起來是個頗帥氣的型男耶。

「那個傢伙有妳說的這麼糟糕嗎？根據妳老爸的描述，聽起來應該是個還不錯的人吧。不過，我知道的也只有他的外表就是。」

達克妮絲回答了我的疑問：

「那個男人的名字是亞歷克賽．巴聶斯．巴爾特。他相當成材，簡直不像是那個領主的兒子，居民們對他的評價都非常好，是個陽光型男。」

阿克婭對此也做出反應：

「說到亞歷克賽家的巴爾特，在阿克賽爾的街頭巷尾對他都是一片讚賞呢。他也經常發放物資接濟窮困者，我也拿過好幾次物資喔。」

妳、妳這個傢伙……

聽了阿克婭這番話，達克妮絲不開心地說：

「不行不行！那種事情有我父親做就夠了！想娶我為妻的貴族怎麼可以做這種事呢！」

「是、是這樣嗎？啊，還是他雖然表面上會做些發放物資之類的善事，背地裡卻是作惡多端？如果是這樣的話，儘管我原本不知情，還是覺得很過意不去……」

他果然還是那個領主的兒子，看來是我操之過急了。當我有點後悔時，達克妮絲又說：

「沒有，並不是這麼回事！首先，聽說那個傢伙的人品好到不行。對任何人都不會動怒，即使家臣犯了什麼錯也絕對不會斥責，而是和對方一起思考為什麼會出現這種失誤，是這麼個奇怪的傢伙……」

……？聽起來是個好人啊。

「而且他那個人非常努力，每天勤勉向學，只為了得到更多知識來幫助民眾。他頭腦聰明，同時劍術也相當高超，是史上受封年齡最年輕的騎士。完全沒聽說過他的負面傳聞，誠可謂十全十美的完美男人啊。他還經常對他的父親提出諫言，要求領主修正他的苛政。」

…………

「吶，從剛才說到現在，怎麼聽都是都是一個好到不行的對象啊？達克妮絲到底是嫌棄那個人的哪一點啊？」

阿克婭不解地這麼問。

「哪一點？當然是全部啊，全部！首先，身為貴族就應該要有貴族的樣子，隨時將卑劣的笑容掛在嘴邊才對！剛才見面的時候，他看著我的那種澄澈又直率的眼神是怎樣！應該要更……應該要像是我在豪宅裡穿著寬鬆的衣服走來走去的時候，和真看著我時經常露出的那種，像是在打量我每一寸肌膚的色魔般的眼神才對啊！」

「オオオオ、才沒有！我我我、我才沒有用那種眼神看妳呢！」

在我整個心虛不已的時候，達克妮絲依然繼續說著：

「部下犯錯也不生氣？他白痴啊！要是女僕犯了什麼錯，就應該要以處罰為名對她這樣那樣才對，這才是身為貴族的修養！那個男人根本什麼都不懂，他的家臣是因為想挨罵才會犯錯啊！身為貴族就應該展現出自己的骨氣，搞大每一個女僕的肚子才對！」

「會這麼想的只有妳吧。」

然而，達克妮絲完全不把我的吐嘈放在心上，一副忍耐已經到達極限的樣子，握緊拳頭，並慷慨激昂地說：

「說到頭來，我喜歡的類型和那種放著他不管也會大有作為的男人正好相反！外表不能太亮眼，體型要過瘦或是過胖都可以。最好是一心只喜歡我卻又意志不堅定，只要有其他女人向他示好就會色心大起。必要條件是整年都在發情，看起來就很好色。如果是那種小看人生辛勞，只想盡可能輕鬆度日的廢物最好，名下有債務就更沒話說！而且，還要成天喝酒不去工作，把『我一事無成都是這個社會的錯』之類的怨言掛在嘴邊，然後拿空酒瓶砸我還一邊這麼說：『喂，達克妮絲，用妳那淫蕩的身體去賺點錢回來！』…………嗚嗯……！」

暢所欲言之後，咱們的廢物妮絲小姐臉上泛了潮紅，整個人顫抖了一下。

該死，這個女人沒救了，已經病入膏肓了。

在這陣難以排解的氣氛之中，我和阿克婭只能不發一語呆立在原地。

「……夠了！我自己來破壞這次相親！和真，要是你打算妨礙我，可就要有所覺悟！」

說完，達克妮絲怒氣衝天地走出房間。

留在原地的我和阿克婭沉默了半晌。

終於，阿克婭話中帶刺地對我說：

「……和真，你到底在打什麼主意？」

我對阿克婭說：

「你也看到她老爸的表情了吧，他是真心在擔心女兒的未來。而且，妳也聽說過對方的評價不是嗎？換言之，這不是政治婚姻，而是一位真正希望女兒能夠得到幸福的父親，精挑細選之下安排的相親。」

「那又怎樣？就算是達克妮絲的父親，也沒有權力擅自決定她的人生……」

阿克婭語氣強硬地說。

但我沒讓她說到最後。

「達克妮絲是貴族。既然如此，無法自由決定自己的婚姻才是正常的吧？貴族這種人，打從一出生就可以過得非常奢華，接受的也是精英教育……雖然達克妮絲那個樣子看不太出來就是了。可是，既然他們可以靠一般人的稅金度日，人生比一般人還要不自由也是理所當然。任何身分都有好有壞；平民百姓沒有錢但有自由，貴族有錢但沒有自由。從一出生就過著奢華的日子，又想自由決定自己的人生，這種想法只是在耍任性罷了……不如說，她之前能夠過得這麼自由已經算很好了。而且，要和她結婚的還是個毫無缺點的男人。這樣妳還想

挑三揀四的話，可是會引起眾怒喔。」

聽我說了這麼一長串，阿克婭好像還是無法接受。

「……可是！就算是這樣也太過分了吧！」

「而且，原因還不只如此。」

我這麼一說，讓阿克婭的動作停了下來。

「……咦？」

我示意要阿克婭原地蹲下。

然後，我以非常認真的表情問她：

「阿克婭。我們的願望是打倒魔王，順利回到地球。那麼，達克妮絲真正的期望或者心願又是什麼？」

阿克婭和我一樣蹲了下來，或許是沒想過我會這麼認真問她這種事，讓她顯得很困惑。

「這、這個嘛……維持原樣不結婚，繼續和我們一起當冒險者……」

阿克婭說出這種無關痛癢的答案，於是我忍不住大喊：

「不對！我要聽的不是這種流於表面的場面話！妳知道的吧！快說！快點，別害羞了，說說看啊！我要妳親口說說看！我要看妳在說的時候是什麼樣的表情！」

「被、被自己敵不過的強大怪物之類的擄走，讓敵人對自己做色色的事情！……和、和真，這算是性騷擾嗎？吶，這算是性騷擾吧？」

我繼續對快要哭出來的阿克婭說：

「這不是性騷擾！聽好了，如果妳是大笨蛋的話，那個傢伙就是已經無藥可救的超級大笨蛋！夢想是被怪物綁架，碰上各種色色的遭遇？笨蛋！妳去告訴她老爸啊！妳說得出口的話就去說說看啊！您的千金有這麼一個偉大的夢想，所以請取消她的婚事，讓她去實現這個夢想吧。妳現在就這樣去向她老爸這麼說明啊！」

「對不起！我說不出口！對不起！」

情急之下只能道歉的阿克有些畏縮地說：

「不……不過，你敢說她和那個人結婚就是正確的選擇嗎？達克妮絲應該也有自己喜歡的類型才對吧。」

「對方不是她喜歡的類型所以很可憐，妳是想說這種傻話嗎？剛才達克妮絲提過自己喜歡的類型，妳也聽到了吧。要是達克妮絲說她找到理想的對象了，然後帶來的人就像她剛才說的那種類型，妳要怎麼辦？聽好，把她硬塞給那個叫做巴爾特的傢伙就對了……反正那個傢伙看起來是個好人，就請他吃點虧吧。達克妮絲那麼容易做出傻事，應該讓那個傢伙綁住她，好好監視她才對。光聽大家的描述，巴爾特好像和他老爸不同，是個相當溫柔體貼的人。既然如此，結婚之後或許他也會答應讓達克妮絲偶爾出門冒險也說不定。到時候，我們

再偶爾陪她去冒險就好了。這樣一來，她老爸可以放心，我也可以放心，達克妮絲也不會從事太過危險的冒險；最重要的是，這樣就可以處理掉難搞三人組的其中之一了。」

「你所說的難搞三人組，剩下的兩個人其中之一，不用猜當然是指我對吧。」

我高舉了拳頭，站了起來。

「追根究柢，冒險者根本就不是能夠做一輩子的工作！這種遊走在黑暗面的工作，當然是能洗手不幹就洗手不幹最好！應該說我隨時都想洗手不幹！乾脆說清楚講明白好了，那個傢伙是笨蛋！就算退個一百步來說，要是她本人堅持想繼續當冒險者的話，如果只有這樣也就算了！我也會支持她！但是我要再說一次，那個傢伙是笨蛋！照理來說旁人原本不應該插手人家的家務事，但我的目標是讓達克妮絲順利嫁出去！如果實在行不通的話，至少也得保住達斯堤尼斯家的名聲，好讓她隨時可以結婚離職！」

「和真，等一下！乖乖回答我的問題啊！」

7

「不好意思，讓各位久等了。」

「久等了。」

我和阿克婭回到玄關時，達克妮絲她老爸和巴爾特正相談甚歡。而達克妮絲則是不停在意地瞄著站在她身旁的我們。

「和真的想法我很清楚了。雖然我很希望達克妮絲可以和喜歡的人結婚，走向幸福的未來，但經你那麼一說，我也覺得再這樣下去的確不太妙。」

「我很高興妳明白了。聽好，妳就隨妳自己的意思行動。總之以各種方式從旁協助，讓對方對達克妮絲留下好印象，知道吧？」

不知道有沒有聽見我倆這番對話，達克妮絲放輕音量，對我耳語：

「……喂，我這麼說是為你好，放棄吧。否則，要回去的時候我一定會讓你碰上後悔到寧可一死的事態。」

她在說什麼啊，這也太可怕了吧。

但是，威脅對於現在的我而言起不了作用。

因為現在我有一個比達克妮絲還要強大的伙伴當我的後盾。

沒錯……

「請恕我僭越，老爺。大小姐和巴爾特大人的相親是不是也該開始了呢？大小姐從剛才開始就表現出一副迫不及待的樣子呢。」

聽我這麼說，達克妮絲咬牙切齒地像是在抗議我多嘴。

而她老爸完全沒察覺達克妮絲的反應，欣然允諾了我的建言。

達克妮絲她老爸似乎對於我剛才為了讓她閉嘴而拍打她的頭的事，沒有特別介意。

不如說像是在說我做得很好似地，鬆了一口氣。

這下子我就等於是得到了她老爸的認可，即使稍微做得過分一點點，大概也不會挨罵。

「那麼，巴爾特公子，請往這邊走。拉拉蒂娜，妳也要跟好喔。我們到客房去吧。」

達克妮絲聽她老爸這麼說，蹲了下去。

「我的鞋跟好像斷了……巴爾特公子，您的手能不能借我扶一下呢？」

說著，達克妮絲朝巴爾特伸出手。

或許是想避免再被我打頭吧，達克妮絲至少開始以正常的大小姐語氣說話了。

但是這不太對勁，她肯定想要什麼花招。

我立刻伸出手。

「大小姐，請把手給我吧。無論您有多欣賞巴爾特大人，兩位還沒訂下婚約，是不能這樣依賴巴爾特大人喔。非常抱歉，巴爾特大人，大小姐今天有些太開心了啊痛痛痛痛痛會斷掉會斷掉啦大小姐請別捉弄在下了，等等，住手、請住手，叫妳住手是聽不懂喔大小姐！」

我眼中泛淚，甩開了被達克妮絲以全力握住的手。

這、這個傢伙，要是沒有我從中作梗的話，肯定是要對巴爾特玩這招吧！

「你、你怎麼了？還好嗎？」

見我按著一隻手蹲下，痛到都快哭出來了，巴爾特擔心地這麼問我。

真是個好人。算我求你了，快把這隻瘋狗娶走好嗎？

「呵呵呵，沒什麼啦，巴爾達公子。那我們走吧。」

達克妮絲快步離開，我只能蹲著目送她，等待阿克婭的治癒魔法治好我。

而她老爸看著這樣的我們，雙手合十低頭賠罪，看起來非常過意不去的樣子。

「——那麼，讓我再正式自我介紹一次吧。我是亞歷克賽·巴聶斯·巴爾特，是亞歷克賽家的長男，工作是協助家父經營領地。」

達克妮絲和巴爾特，隔著客房的白色茶几，面對面坐著。

巴爾特是個相當帥氣的型男。

身高也比我高出一個頭。

而且，大概平常就經常在鍛鍊身體吧，即使隔著衣服，依然還是看得出那結實的肌肉，精瘦的身材也是恰到好處。

這樣的巴爾特帶著柔和的笑容，凝視著達克妮絲。

而我和阿克婭站在達克妮絲身邊，挨著她近到一種不自然的程度。

巴爾特似乎有點介意我們這樣的舉動，但因為達克妮絲她老爸什麼都沒說，所以他也沒有開口。

「我是達斯堤尼斯．福特．拉拉蒂娜。關於我們家，我想就不需要詳細介紹了。即使是暴發戶領主家之子應該也知道才對啊啊啊！」

一來就出言不遜的達克妮絲突然趴到茶几上，紅著臉，整個人微微顫抖。

「怎、怎麼了嗎？」

巴爾特開口關心，她又說：

「沒、沒事……只是看著巴爾特公子的臉，我就覺得越來越不舒服嗯嗯——！」

話還沒說完，達克妮絲再次趴下，臉都紅到耳朵去了。

「達克妮絲大小姐從今天早上開始，肚子就不太舒服呢。對吧，達克妮絲！肚子痛就不要硬撐喔。」

「咦？沒、沒有……！」

聽阿克婭這麼幫她打圓場，達克妮絲害臊地試圖否認。

我推開只會說這種越描越黑的話的阿克婭，然後說：

「大小姐今天從一大早就很期待見到巴爾特大人，有點亢奮過頭了。您看，大小姐都已經害羞到滿臉通紅了呢。」

「這、這麼說來，她的臉確實很紅呢……真、真不好意思……」

說著，我在腳上多加了幾分力道，以只有達克妮絲聽得見的聲音偷偷耳語。

——我的腳在茶几底下，踩在達克妮絲的腳上，左右扭轉了幾下。

「……喂，大小姐，妳再多說什麼廢話我就會踩得更大力喔。」

也不知道有沒有聽見我這麼說，紅著臉、呼吸越來越重，甚至開始用嘴喘氣的達克妮絲輕聲說道：

「……好、好棒的獎賞……」

咱們家的大小姐任何時候都維持著一貫的風格呢。

看了女兒這副模樣，她老爸似乎也察覺到茶几下現在是什麼狀況了。

既然能夠立刻掌握住狀況，可見他也知道女兒的性癖。

雖然很想怒叱他為什麼會放任女兒到變成這副德性，但現在沒空這麼做。

為了掩護我和達克妮絲，她老爸找了個話題和巴爾特聊了起來。

「巴爾特公子，聽說你們家的宅邸前陣子倒毀了呢。你們現在都住在哪裡啊？不然，你要不要一個人來住我們家？當然，得和小女睡在不同房間就是了。」

達克妮絲她老爸半開玩笑地這麼說，巴爾特也陪著笑回應：

「哈哈哈！不不，要是和美麗的拉拉蒂娜小姐生活在一個屋簷下，我怕自己得費上很大的工夫才能忍耐得住……」

就像這樣，在達克妮絲紅著臉顫抖時，兩人依然和睦地談笑風生……

8

——留下一句「老人家繼續待在這裡也只是礙事」，達克妮絲她老爸便離席了。

他在離開的時候，悄悄在我耳邊說了聲「就拜託你了」。

現在，達克妮絲和巴爾特帶著我和阿克婭，在達斯堤尼斯家的庭院裡散步……話說回來，真不愧是知名大貴族的庭院。

廣大的庭院裡有大型的水池，而且現在的季節明明是冬天，卻到處開滿了五彩繽紛的花，大概是經過品種改良的高級品種吧。

阿克婭看見池子裡有魚，便吹起口哨，並拍了拍手。

我好奇她想幹什麼便看了一下，只見魚群漸漸聚集到阿克婭身邊……

……那是怎樣，也太厲害了吧，晚一點再叫她教我好了。

「拉拉蒂娜小姐，妳平常都做什麼消遣呢？」

正當我們的注意力集中在水池那邊時，巴爾特問了這種相親時必問的不痛不癢的問題。

「沒事就獵獵哥布林……唔唔！」

達克妮絲說了這種不經大腦的話，我便在一旁對她的側腹施展肘擊。

巴爾特為此露出苦笑，對從剛才就挨在達克妮絲身邊，距離近到不自然的我歪頭說：

「……兩位的感情似乎相當不錯呢？」

對此，我臉色一變，心想完蛋了。

糟糕，我太超過了，讓自己變成拉低達克妮絲的評價的要素是怎樣。

跑來相親卻看見女方和執事黏在一起，心裡肯定不是滋味。

正當我思考著該說些什麼來蒙混過去時，察覺到這件事的達克妮絲，對我奸笑了一下。

這個傢伙又想幹嘛了……？

「我和這位名叫和真的執事感情特別好，每天都待在一起。無論是吃飯、沐浴還是任何事情，當然就連晚上睡覺的時候也……也…………嗚嗚…………」

貿然說出這種傻話的達克妮絲，才說到一半便紅著臉，說不下去了。

我說啊，妳的羞恥心的基準到底在哪裡啊？

「大小姐最喜歡開玩笑了。她就像這樣，是一位分明是從自己口中說出的話，卻會因此感到害羞不已的可愛的人呢。對吧，拉拉蒂娜大小姐。您怎麼了呢，拉拉蒂娜大小姐？您的臉好紅啊，拉拉蒂娜大小姐。」

「嗚嗚……你、你給我記住……」

聽我一直叫拉拉蒂娜這個可愛的名字，達克妮絲眼泛淚光並咬緊牙關忍著。

很好，這樣一來她應該也會乖一陣子了吧。

看著我們的互動，巴爾特有點落寞的苦笑著說：

「……你們的感情真的很好呢……看得我好忌妒啊。」

「大人別再開玩笑了。這不過是執事和主人之間的一點小樂趣……」

聽我這麼說，達克妮絲突然從我身邊退了開來。

喔喔？

「我不想再陪你們拐彎抹角下去了！再這樣玩下去誰受得了啊！」

不知道在想什麼，達克妮絲將身上的洋裝裙擺用力撕開。

白皙的大腿從裂開的部分跑出來見人，讓人無法不瞧見情色妮絲的身體曲線。

接著痴女妮絲將長裙截短到容易活動的長度，隨後又將側邊撕出一條衩來。

巴爾特忍不住別開視線，而達克妮絲則對他大喊：

「喂，你叫巴爾特對吧！既然職業是騎士，你應該會用劍才是！我的職業是十字騎士，

「接下來咱們到修練場去，我要在那裡好好鑑定你的素質。來吧，跟我走！」

達克妮絲突如其來的脫序行動，我也阻止不了了。

「……看看這個男人吧，巴爾特。身為貴族，就應該學學和真這種邪淫的眼神，並且從平日就開始實踐！」

我我我我、我才沒在看呢！

我只是有點好奇所以眼神飄過去一下而已！

9

「以其中一方投降定勝負。你就想辦法讓我說出『我沒辦法再打下去了』、『求求你不要再打了』之類的求饒吧！辦得到的話，無論是要嫁給你，還是要跟你到任何地方都行！」

達克妮絲帶著我們來到了修練場。

在修練場中央，達克妮絲拋了一把木刀給巴爾特。

接過木刀的巴爾特一臉困難地揮了揮木刀，然後說：

「那個……拉拉蒂娜小姐，我是個騎士。即使是訓練，我也不能對女性刀劍相向……」

聽巴爾特這麼說，達克妮絲顰蹙著臉，不開心地說：

「真是個沒膽識的傢伙。站在那裡的和真，可是自稱男女平等主義者，曾經宣稱自己即使面對女性也敢施展飛彈踢呢。你應該向他看齊才對。」

達克妮絲這麼一說，讓巴爾特看向我。他的視線刺得我有點痛。

接著，巴爾特似乎下定決心了，嘆了口氣說：

「……我知道了。老實說，這次相親是家父逼我過來的，而我會來到這裡，其實是為了拒絕這檔婚事……可是，見到妳之後，我就改變了這個主意了。妳和大多數的貴族千金不同，不愧是王國首席參謀的獨生女。看似豪放，卻又會因為自己說的話而害羞的這一面，真的很可愛。而且有話直說的態度也相當爽快，面對身為下人的執事也不會擺出高姿態，而是以平起平坐的立場對待他。我對妳相當有興趣……我要出招了，拉拉蒂娜小姐！」

在突然告白的同時，他砍向達克妮絲！

那迅雷不及掩耳的斬擊，輕而易舉地挑開達克妮絲的木刀之後，隨即砍在她的肩頭上。

眼見攻擊成功，巴爾特鬆了一口氣。他大概是覺得勝負已分了吧。

但是，達克妮絲若無其事地撿起剛才被挑開的木刀，然後說：

「很好，再出下一招吧。儘管攻過來。」

——過了大概有三十分鐘以上之後。

「夠、夠了吧！勝負已經相當分明了！妳為什麼還不肯放棄！」

儘管巴爾特始終占盡優勢，聲音聽起來卻像是被逼到無計可施了一樣。

只論實力的話，是巴爾特壓倒性地占上風。

從剛才開始，達克妮絲的木刀連碰都沒碰到巴爾特，反而是達克妮絲自己中了好幾刀，全身上下到處都是瘀青。

但是，達克妮絲只是呼吸變得急促了些，雙眼仍是炯炯有神。

儘管火紅的臉頰已經布滿了淋漓的汗水，達克妮絲依然放聲吶喊：

「怎麼了？不要客氣，儘管出招啊！展現能夠堅持到底的強韌給我瞧瞧！」

看著這樣的達克妮絲，巴爾特拋開木刀。

接著，他直接舉起雙手投降。

「……我投降了，拉拉蒂娜小姐。是我輸了。即使技術贏過妳，我的精神卻沒有妳那麼強韌……我沒辦法繼續攻擊妳。妳……真是一個非常強的人。」

說著，巴爾特目眩神迷地注視著達克妮絲，然後笑了。

至於達克妮絲則是一臉不滿的樣子，雙肩一垮。

「……什麼嘛，已經結束啦。真無聊，你回去多練練再來吧。」

聽達克妮絲這麼說，巴爾特放聲大笑。

那是一種聽起來非常開心，毫無憾恨的笑聲。

然後，巴爾特以達克妮絲不知道聽不聽得到的音量……

「……我真的，喜歡上妳了呢……」

這麼喃喃地說了。

——乍看之下，很像是他為展現出堅定意志的達克妮絲所折服，宛如一段佳話。

但知道達克妮絲的真面目的我，實在感動不起來……

在巴爾特眼中，達克妮絲急促的呼吸和火紅的雙頰，看起來或許像是一個忍著疼痛硬撐的十字騎士吧。

達克妮絲的呼吸還是很急促，阿克婭則是來到她身邊，為她療傷。

我深沉嘆了口氣，結果達克妮絲撿起巴爾特拋開的木刀……

「好，來吧和真。好好讓巴爾特見識一下你的無情與卑鄙，讓他學習學習。」

然後沒頭沒腦地說著這種傻話，並遞給了坐在修練場角落的我。

……這個傢伙在說什麼啊。

不，這個傢伙剛才和巴爾特打了那麼一陣，大概是興奮起來了吧。

開什麼玩笑啊，我才不想處理這種傢伙呢。

「……我也很想見識一下呢。真想看看拉拉蒂娜小姐所信賴的你是如何戰鬥。」

巴爾特也多嘴地這麼說。

幫達克妮絲治療好傷勢的阿克婭也「喔？」了一聲，顯得對如此變化的事情很有興趣。

……這是怎樣。

「唉……算了，我知道了。反正相親也失敗了。而且，你應該也不會把大小姐的負面傳言什麼的說出去吧。」

我不再對巴爾特演戲，以我平時的說話方式對他這麼說，然後站了起來。

「很好，這樣就對了和真！其實我一直很想和你交手一次看看！即使面對第一次見面的女生，也打算脫人家內褲的卑鄙小人！還很善用各種陰險手段的奸詐之徒！來吧，儘管對我使出你的全力吧！」

巴爾特聽完達克妮絲這番話之後，他的眼神刺在我身上的感覺又更痛了。

在這麼寒冷的時節，我並不打算正面對付這個興奮起來的笨蛋。

——我伸出空著的那隻手……

「『Create Water』！」

往達克妮絲頭上澆水。

「咦！」

見巴爾特吃了一驚，我不解地反問：

「？……怎麼了嗎？」

巴爾特慌張地回答了我的問題：

「……沒、沒有，只是一般來說，拿木刀比試的時候應該不會用魔法吧……」

咦？原來是這樣啊。

話說回來……

看著達克妮絲的模樣，阿克婭脫口道：

「……太扯啦──不愧是在性騷擾方面無人能出其右的和真先生，真是太扯了──」

聽她這麼一說，我看了一下達克妮絲的模樣。內衣從溼透的衣服底下透了出來，再加上撕破的裙子，看起來真是非常的……大飽眼福，真是大飽眼福啊。

至於巴爾特，他已經無法直視達克妮絲，低下了頭，完全不敢抬起頭來。

「呵、呵呵呵……看吧，巴爾特！原本以為是拿木刀比試，卻突然用這種招數羞辱我。好好見識這個男人的這一面吧！」

渾身溼透的達克妮絲說出這種惹人誤會的話。

「我、我可沒有那個意思……！啊──不管了啦！」

既然她都要我使出全力了，那我就全力以赴吧。

剛才都用過魔法了，再用一次她應該也不會有怨言才對！

「『Freeze』！」

「唔……！」

我施展的冰凍魔法，讓渾身是水的達克妮絲臉色蒼白地抱緊自己的肩膀。

「魔、魔鬼……！在隆冬時節，不但澆人家水，竟然還用冰凍魔法……！」

「還好啦——畢竟街頭巷尾都叫他人渣真、垃圾真之類，可不是在叫假的。」

觀眾閉嘴啦！

「呵、呵哈哈哈哈哈！這種毫不留情的作風！這、這就是……！」

話還沒說完，達克妮絲已經朝我砍了過來！

10

不妙。再這樣耗下去非常不妙。

對於面露焦急之色的我，達克妮絲像是在嘲笑我似地高舉起木刀砍了過來。

她的攻擊力道十足，但要不就是對準了完全不同的方向，就是沒抓準距離，又或是只會直線衝過來，所以閃躲上並沒有什麼太大的問題。

「怎麼啦，和真。你的呼吸越來越急促囉！」

說著，剛開始發動攻勢的時候還冷得發抖的達克妮絲，膚色越來越顯紅潤，汗水淋漓，笑得非常開心。

我剛才明明已經砍中達克妮絲好幾劍了，她卻連吭也沒吭一聲。

「達克妮絲，就是這樣！像個豆芽菜一樣的和真沒什麼體力，不適合長期抗戰！」

可惡，那個觀眾很吵耶！

「呵呵，你的動作越來越遲鈍了！那麼，也差不多該分勝負了吧！」

聽見阿克婭的聲音之後，達克妮絲得意地笑了笑，丟掉砍不中人的木刀就撲了過來。

這下糟了，單純比力氣的話我毫無勝算！

「好啊，達克妮絲！抓住他、勒住他！只要扭打起來，虛弱的和真根本就敵不過妳！」

可惡，她幹嘛幫達克妮絲加油啊！事情結束後就換我去勒那個傢伙！

正當我對阿克婭心生怨恨的時候，只見達克妮絲已經展開雙臂，以試圖要抱住我的姿勢直直衝了過來。

我也丟掉木刀，展開雙手，擺出準備和達克妮絲以力量一決勝負的架勢。

「你想靠比力氣贏過我？也太小看我了吧！」

達克妮絲如此大喊，喜不自勝地抓住了我的手。

「雖然不知道你有什麼企圖，但身為十字騎士的我，和身為冒險者的你之間，力氣相差之大啊啊啊啊啊啊啊啊啊啊啊啊啊啊！」

原本氣定神閒地握住我的手的達克妮絲放聲尖叫。

達克妮絲連忙想抽手，但我緊緊握住她的手說：

「妳怎麼啦？本來不是還很有自信的嗎？喂，達克妮絲，妳說話啊！哇哈哈哈，我怎麼可能正面和妳交手啊，都一起組隊這麼久了妳怎麼還是不懂呢痛啊啊啊啊啊啊啊啊啊啊啊！」

原本以為勝券在握的我因為手被猛力握住而發出慘叫。

捏緊我的手的達克妮絲，帶著淒厲的眼神得意地笑了。

「呵、呵呵呵呵……這、這就是『Drain Touch』吧……！但是，在你吸乾我的體力之前，我會先把你的手給折斷！」

「呵咯咯咯咯……有、有本事妳就試試看啊啊啊啊啊！痛痛痛痛痛痛痛！」

我以「Drain Touch」吸取達克妮絲的體力，而她則是打算直接以力氣勝過我。

雙方互不相讓，也不可能相讓。

達克妮絲的力量一點一點壓制住我，但她的臉上同時也布滿了痛苦的神情。

糟糕，雖然我正以「Drain Touch」吸取她的體力，但這個體力狂還真是深不見底……！

「唔、喂，達克妮絲！來、來賭一把吧！妳之所以要跟我決一勝負，也是因為這次有很多讓妳不爽的事情吧。我們談個條件，勝者可以要求任何一件事，對方也必須聽從……！」

我咬緊牙關承受痛楚，達克妮絲則是整個人都壓了過來，還不斷使勁，同時說：

「你、你說要賭一把……？呵、呵呵，想靠對話來爭取時間嗎……？你想賭就來賭好了，要是我贏了，你就得跪地磕頭……！」

——有勝算了！

「說好囉……！不、不准反悔喔……！」

「嗯，絕不反悔……！不如說你已經沒退路了！投降吧！否則你的手真的會斷……！」

儘管一點一點遭到壓制，我卻還是以一副勝券在握的表情說：

「真的喔！不准反悔喔！說好了喔！等到我贏了，就算妳哭著道歉我也不會罷休喔！」

處於不利狀況的我，對達克妮絲露出張狂的笑。

或許是因此而心生疑惑吧，達克妮絲稍微減輕了力道。

「……？怎樣，要是我輸了你打算做出什麼要求？」

「當然是會讓妳害羞到面紅耳赤，哭著叫不要的事情啊……！呼嘿嘿嘿，我們說好了喔！來，一決勝負吧！我已經可以看見在我獲勝之後，妳拚命求饒的模樣啦……！妳就等著

向我道歉，等著大喊饒了我，原諒我吧！」

聽我這麼說，達克妮絲整個人抖了一下。

然後試圖壓制住我的力量也變弱了。

「唔……！是、是怎樣，你到底想叫我做什麼……！你倒是說說看啊！快說！」

「呼嘿嘿嘿嘿嘿嘿，當然是遠比你正在想像的，更加過分的事情啊……！」

「啥……！住、住手……！唔……！即、即使我想抵抗，力量也一直被吸走……！怎、怎麼會這樣，要是再這樣下去……！」

「Drain Touch」吸收的應該只有生命力才對，但達克妮絲的力氣卻越來越小，甚至當場身子一軟，就單膝跪了下來。

「呼……呼……！你、你是想要我做什麼……！呼、呼……！啊啊……再這樣下去我會落敗……！」

紅著臉的達克妮絲呼吸越來越急促，一道汗水從後頸往鎖骨滑落。

「我要繼續吸取妳的體力，直到妳昏厥為止！妳就好好期待再次醒來的時候，自己會是什麼模樣吧！」

「啊啊！竟、竟然……！唔……雖然這次比試是我輸了，但無論受到什麼屈辱，我的心也不會屈服……！但所謂過分……過分的事情是……？」

所謂
過分的事情——
ジャラッ
——好了，
接下來會
變成怎樣，
妳應該知道吧！
不過就是
我的身體讓你
任意擺布一天，
這還不足以
折服我的心靈！
哼呵呵……
クイッ

是誰說
只有一天就會
結束的……？
來吧，大小姐，
從今以後
妳就成為
我的寵物吧！
乖，
叫聲主人
來聽聽吧！
主、
主人——！！

雙手依然被我抓著的達克妮絲，跪坐在修練場的砂土地上時仍仰望著我，火紅的臉上寫滿期待，整個人都顯得癱軟無力。

巴爾特見狀，驚叫出聲：

「不只是要取勝，更在有望獲勝時提出賭注，真是毫不留情……！垃圾真這個名字真是叫得太貼切了……！」

見達克妮絲渾身虛脫，阿克婭便上前照顧她。

「你、你也太沒禮貌了吧！」

——就在這個時候。

「聽說你們在修練場，所以我就幫你們送飲料過來…………」

達克妮絲她老爸正好在絕佳的時機現身。

但是，她老爸手上那裝著飲料的籃子猛然就掉落到地上。

正當我心裡想著到底是怎麼回事的時候，跟在他身後的傭人們也全都愣得張口結舌。

我順著他們的視線看了過去……

視線前方，是全身上下都是瘀青、裙子遭到撕毀、渾身濕淋淋的，很多地方都從衣服底下透了出來，模樣狼狽著實不堪的達克妮絲，正在接受阿克婭的照顧。

……我和巴爾特見狀，不禁互看了一眼。

而阿克婭指著這麼做的我們兩個人說：

「……是他們幹的好事。」

「好，把這兩個人拖出去斬了。」

「「不是啦，這是誤會！」」

我和巴爾特同時大叫。

11

經過我和巴爾特合力拚命解釋之後，總算把事情說明清楚，度過了這一關。

只是連帶的，我和阿克婭的真實身分也被巴爾特知道了。

話雖如此，巴爾特好像一開始就發現我並非執事就是。

害我們陷入危機的達克妮絲本人則是因為我的技能，依然還在沉睡。

被帶到會客室來的我們，守候在熟睡中的達克妮絲身邊。傭人已經幫她換上平常在從事冒險者工作時的便服，也就是黑色的窄裙和襯衫。

終於，達克妮絲的老爸一邊看著她一邊開了口：

「小女本來就不太擅長於待人接物……即使是和親近的人相處時依然如此。和真，你平常都和小女組隊，對吧？小女是不是不太提關於自己的事情？」

聽他這麼說，我歪著頭想了一下。

——很難說耶。

其實我不太記得，但這麼說來，我確實不太知道有關達克妮絲的事情。

不如說，她本來就不是個特別愛說話的人，而且在我的記憶當中，她每次開口都吐不出什麼好話來。

「即使成為十字騎士，小女也一直都是一個人……她每天都去艾莉絲女神的教會，向艾莉絲女神祈禱，希望自己可以結交到冒險的同伴。有一天，小女從教會回來之後，說她結交到第一個同伴、交到朋友了，說同伴是個女盜賊，說得非常開心……」

……喔喔，不愧是正牌女神。艾莉絲女神的工作表現真是太棒了……

「說到我們家，其實內人很早就過世了……在那之後，我也沒有續絃，自己一個大男人將她拉拔長大，老是寵著她，凡事以她的自由為重……大概就是這樣把她給寵壞了吧……」

她老爸心有戚戚焉地這麼說。

他所指的應該是達克妮絲的那個性癖吧。

是想說因為成長過程太過自由，才讓她成了一個這麼希望受到束縛的女孩嗎？

不，我覺得那是她的天性喔，達克妮絲的老爸。

「我認為拉拉蒂娜小姐儘管不讓鬚眉，卻也是一位非常有吸引力的女子喔。要不是有和真在的話，我還真想娶拉拉蒂娜小姐為妻呢。」

巴爾特突然冒出了非常誇張的一句話。

這個人沒頭沒腦的說這是什麼話啊。

達克妮絲只是我的同伴罷了。

雖然她經常讓我看得心癢難撓，但這又是另一個問題了。

要是她遭到領主那種人蹂躪的話我當然不願意，但要是有個好男人願意珍惜她，我當然會支持。我們的關係就是這樣。

「……不好意思，我不太明白你在說什麼。」

聽我這麼說，巴爾特以一副「我什麼都知道，你不用再隱瞞了」的態度說：

「沒關係，你比我更能夠讓拉拉蒂娜小姐得到幸福。我確實見識到你們對彼此的信賴有多麼深厚了，想必你們是彼此真心相愛的，對吧？」

「好樣的，你給我過來一下。我才不管你是領主的兒子還是什麼，這下不狠狠揍你一頓怎麼行。」

「快住手啊，和真先生！不然就到我看不到的地方再動手！否則連我也會被判刑啊！」

阿克婭從我背後試圖制止我，而我反抗著她，一心只想靠「Drain Touch」對付巴爾特。

「呵呵，哈哈哈哈！」

這時，達克妮絲她老爸突然笑了出來。

怎麼辦？今天發生了這麼多事情，我已經快要到達極限了。

拜託別再冒出什麼事情來了好嗎？

「好，我知道了！巴爾特公子，要是小女沒人娶的話，到時能不能請你收留她呢？」

對於她老爸突如其來的這番話，巴爾特困惑地說：

「這、這個……我當然是無所謂，但是……」

巴爾特看著我，似乎有話想說，但達克妮絲她老爸打斷了巴爾特，繼續說了下去：

「然後，和真。」

「欸？我嗎？是，請問有何指教？」

話題突然轉到我身上，讓我也困惑了起來。

「小女就拜託你多多關照了。請你好好看著她，別讓她做出什麼傻事。拜託你了。」

這位大叔在說什麼啊？

應該是以冒險同伴的身分對吧，是這個意思沒錯吧。

如果是這樣的話倒是無所謂，反正和我一直以來所做的事情也沒什麼兩樣。

「……嗯嗯？唔…………？會客室？……啊啊……對喔……」

達克妮絲清醒了。

同時，她好像也想起了昏厥之前的記憶，並說：

「……唔，這個狀態該不會已經是事後了吧？賭輸的我，在失去意識的這段時間當中，到底是遭受到了何種骯髒污穢的對待……！」

「並沒有，我什麼都還沒做啦！別說那種容易惹人誤會的話好嗎！妳在睡覺的這段時間，整個氣氛就已經變得夠微妙了！」

聽我這麼說，達克妮絲環顧了一下四周，然後對我奸笑了一下。

……是怎樣，她是在想什麼啊？

我回想起相親開始之前，達克妮絲所說過的話。

要回去的時候我一定會讓你碰上後悔到寧可一死的事態。

放心，沒問題。

無論達克妮絲再多說些什麼，也不會有問題。

冷靜一點，今天的我超酷的。

只要冷靜應對就不會有問……

「父親大人、巴爾特公子。這次相親，就還請兩位當作沒發生過吧。之前我一直瞞著兩位，不敢說出口，但其實……我的肚子裡，已經有和真的骨肉了……」

「妳這傢伙抓著我這個處男是在說些什麼啊啊啊啊啊！什麼都沒做卻有了我的骨肉？自以為是瑪莉亞啊？妳這個處女！小心我一拳打在妳的肚子上！」

看著說不出什麼正經話的達克妮絲和我的態度，巴爾特似乎覺得煞是可笑。

「這樣啊，既然已經懷了和真的骨肉，那也沒辦法了，我就只好放棄吧。」

說完，巴爾特站了起來。

……可惡，達克妮絲這混帳。

剛才在睡大頭覺的妳可能不知道，分明現在已經不需要說那種廢話了好嗎。

「家父那邊，我會說是我拒絕了這門婚事。這樣對各位應該也比較好吧。」

言盡於此，巴爾特便帶著微笑說了聲告辭，然後走了出去。

……真是個好人。

拜託你真的要把達克妮絲撿回去喔……

看著不住賊笑，自以為奸計得逞的達克妮絲，我沉重地嘆了口氣。

沒辦法，只好和這個傢伙再多冒險一陣子了……

這時，我和達克妮絲發現有兩個人不太對勁。

「孫子……長孫……老老老老、老夫有可愛的孫子了……！」

「啊哇哇哇哇哇……原來和真和達克妮絲不知不覺間已經發展成那種關係了……！我、我得廣為宣傳才行……！必須趕快告訴鎮上的每一個人才行……！」

面對淚如雨下的達克妮絲老爸和沒事亂誤會的阿克婭，我們花了三十分鐘左右的時間，才總算讓他們相信這是謊言。

12

「真是的，早知如此，一開始就乖乖拒絕這次相親還比較好吧。」

「我才想這麼說呢。真是的，妳保護我免受領主誣陷，我是很感謝啦。可是從今以後，該怎麼說，妳千萬別再用那種犧牲自我的方式了。在妳回來之前，我們都擔心得要命喔。」

「你幹嘛啊？和真。明明就想把達克妮絲硬塞給那個叫巴爾特的人，竟然打算假裝沒這回事，並想為這次的事情畫下一個溫馨的句點！你這個男人的個性也太低劣了吧！」

「沒錯，還敢說什麼擔心我！明明就想趁亂把我當成燙手山芋丟出去……！阿克婭也一樣，妳好像也想促成我的婚事，對吧？」

聽達克妮絲這麼說，我和阿克婭都摀住耳朵。

達克妮絲重重地嘆了口氣，隨後像是想起什麼，並說：

「對了，和真！剛才的比試是你贏了！所以，你到底想要求我做什麼？你剛才說是比我所想像中還要過分的事情呢……！」

說著，達克妮絲紅著臉，用充滿期待的表情注視著我。

這麼說來，我確實是說過那句話。

怎麼辦，我該讓她做什麼才好呢？

不，說不定這其實是一個非常難得的好機會？

是說……

「阿、阿克婭小姐，請問妳靠這麼近是要幹嘛？」

「……我只是在想，和真到底會做出什麼要求呢？你打算要求達克妮絲做什麼非常過分的事情啊？吶，我知道你因為達克妮絲讓我們那麼擔心所以非常煩躁，但是，你可別要求什麼真的太過分的事情喔。」

在達克妮絲莫名充滿期待，和阿克婭隱約有點責難的視線夾攻之下……

「這、這個部分，就等我們回到豪宅之後再慢慢說……」

我以這句話充作權宜之計，同時打開了豪宅的大門。

「嗚……！抽噎……！太、太狠心了————！惠惠真的太狠心了————！」

「妳也差不多該哭夠了吧！和真他們應該快要回來了，要是他們在這個時候回來看到這一幕的話，怎麼看都會覺得是我不對……啊！」

——出現在眼前的，是在玄關泣不成聲的芸芸。

然後，和正在安慰她的惠惠四目相交的我，輕輕地將大門再次關上。

與此同時，就有人猛然打開了大門。

「請不要假裝沒有看到，我完全可以說明這個狀況！」

「不，沒關係啦，妳愛欺負人也不是一天兩天的事了。」

我以瞭然於心的態度對慌忙地奪門而出的惠惠這麼說。

「不對啦！真要說的話，學生時代的我和芸芸……！不，這件事現在根本無關緊要！現在不是為了芸芸而大驚小怪的時候……！」

惠惠一邊這麼說，一邊看似相當慌張地亂揮著法杖。

「無關緊要！妳妳妳、妳說我無關緊要……！還說現在不需要為了我大驚小怪……！哇、哇啊啊啊啊啊啊——！」

「啊啊！真是夠了，妳很麻煩耶……！先失陪一下，讓我們兩個獨處一下好嗎！」
一邊這麼說著，惠惠再次關上門，和芸芸兩個人在豪宅裡不知道說了些什麼。
不久之後，大門再次開啟，芸芸一面吸著鼻子一面走了出來。
「不、不好意思，驚擾各位了……」
說著，芸芸深深一鞠躬，就這樣離去。
……這是怎樣。
我們面面相覷，但也只能看著芸芸隱約散發出哀愁之感的背影，目送她離開。
再次走進豪宅之後，我們看見惠惠一副疲憊不堪地坐在地毯上。
但惠惠一看見我們，就立刻站了起來。
「和真，不好了！大事不好了！」
「不，我看見妳們剛才那副模樣也知道有很多事情不太好。」
「不是啦！現在先別管芸芸！那只是我們兩個人之間的一點小爭執，你不用放在心上啦！有空的時候我會再跟你說！」
不，我真的非常在意到底發生了什麼事。
然而惠惠還是一副現在不是該做這事的時候的樣子。

「現在真的不是說那些的時候啦！情況非常糟糕，就是那個檢察官！那個叫瑟娜還是什麼的人，現在正在過來這裡的路上！她還信誓旦旦地表示，這次一定要逮捕和真！」

她一臉蒼白，慌張地對我這麼說。

第四章 使面具騎士成為隸屬！

1

「佐藤和真！佐藤和真在不在——————！」

正如惠惠方才所說，怒形於色的瑟娜衝進豪宅裡來。

「又又、又怎麼了！又有蟾蜍了嗎？還是該不會又發生其他問題了吧！」

儘管有點被瑟娜的氣勢嚇到，我還是這麼問。

「是地城！你究竟在地城裡玩了什麼花招！就是城鎮附近那個基爾的地城！聽說那裡冒出了大量的神祕怪物！」

氣得面紅耳赤的瑟娜這麼說。

神祕怪物？應該是最近鎮上在謠傳的那個吧。

「不，等一下，那和我們沒關係喔！沒錯，我確實曾經進去過那個地城，但是每次出了

什麼事情就全都怪到我們頭上的話，這樣誰受得了啊？」

聽我這麼說，其他人也都頻頻點頭。

……太好了。看她們的反應，應該是沒有在我不知情的狀況下闖出什麼禍吧。

但是，瑟娜依然以懷疑的眼神看著我。

「話雖如此，但聽說你們是最後一批進入那個地城的人馬。循往例而論，闖禍的不是你們的可能性實在微乎其微……」

「這、這是什麼歪理啊！再說了，這次我們真的一點頭緒也沒有。沒錯吧？對吧？這次真的沒問題吧？」

聽我這麼說，她們三個人全都用力地點了點頭。

瑟娜見狀，儘管表情依然訝異，但姑且還是相信了。

「不過，這下子可就傷腦筋了……因為除了是你們又闖出了什麼禍以外，我完全不作他想。如此一來，就只能雇用人手進去調查了……」

一邊說，瑟娜一邊偷瞄我們。

是怎樣，這種像是在說「有沒有誰正好有空呢」的視線是想耍哪招。

「哎呀，檢察官小姐，妳該不會是想找自己原本懷疑的對象幫忙妳調查吧？畢竟，我們光是要洗刷自己的嫌疑就已經夠忙的了。」

惠惠察覺到瑟娜的意圖，先發制人。

瑟娜咬了一下嘴唇，沒有看向惠惠，而是看著我。

「……當然，我們沒空管那種事情，所以請恕我拒絕。」

我如此斷然宣告，瑟娜便深深嘆了一口氣，雙肩也跟著一垮。

「也對，要是和你們無關，總不能硬是拜託你們。不過，要是你們改變心意的話，就再請你們多加幫忙了。我接下來得去一趟冒險者公會。」

瑟娜這麼說完，便轉身離開了豪宅。

在瑟娜離開的同時，我重重嘆了口氣。

我實在很不擅長跟那個人應對。

或許是因為她非常老實，又是這個鎮上少數有良知的人吧。

「嗯，從地城當中湧現的神祕怪物是讓人有點好奇……但我們還有我們該做的事。首先是洗刷和真的嫌疑，然後是賠償領主的宅邸。到頭來，這兩個問題還是沒有解決方案啊。」

就是這樣。

「……吶，達克妮絲，能不能商量一下……」

「借錢免談喔。我應該已經幫你很多忙了。應該說，我還想多看看走投無路的和真。」

一邊說著，達克妮絲看著我並浮現笑容。

唔……這個傢伙還在為剛才的事情懷恨在心吧。

……不過，神祕怪物是吧。

「為了保險起見，我再問妳們一次。真的對這件事毫無頭緒吧？這次真的沒問題吧？」

聽我這麼說，她們全都露出狀況外的表情。

「就我來說，只要不是和爆裂魔法相關的事件，自然是毫無頭緒喔。」

「我也是。應該說，我和她們兩個人不同，平常就很少惹出什麼問題才對吧。」

「啊……！達克妮絲確實沒惹出什麼嚴重的事件，但相對的，像是對抗毀滅者的戰鬥中，妳也沒有什麼特別值得矚目的表現呢！」

「啥……！惠、惠惠妳……！」

丟下開始吵鬧的兩人，我再次詢問嫌疑最大的傢伙。

「那麼，妳又如何？真的是毫無頭緒嗎？」

對於我帶著一絲不安的這番話，阿克婭做出回應：

「當然沒有啊。真是的，你也太愛懷疑我了吧。」

聽她皺著眉頭這麼說，讓我鬆了一口氣。

「說、說的也是呢。妳也不會一天到晚闖出這麼多禍來吧！抱歉，是我不好，都是那次出庭的關係，害得我最近一直疑神疑鬼的……」

我一面向阿克婭道歉，一面心想自己不該把什麼事都怪到阿克婭頭上，並深深反省……

「真是的，你好歹也稍微相信我一下嘛。應該說，反而是多虧有我，那個地城現在應該不會有怪物接近了才對喔。那個地城深處不是有個巫妖待過的房間嗎？那個時候，為了淨化巫妖而使用的魔法陣，是我耗費了超多心血，超級認真做出來的喔。而那魔法陣至今依然確實留在那裡，邪惡的東西應該無法走進那個房間才對！」

…………的時候，我一把抓住了阿克婭的肩膀。

「喂，妳剛才說了什麼？」

「？你、你沒事幹嘛抓住我啦。就跟我剛剛說的一樣啊，我認真做出來的魔法陣，至今依然留在那裡發揮力量，讓怪物無法接近……」

我沒讓阿克婭說到最後……

「你這個白痴──────！」

便抱頭慘叫。

2

——踏著積了雪的道路，我們前往那個地城。

「……抽噎……明明就不是我的錯……絕對不是我的錯……！」

帶著不知道要哭到什麼時候的阿克婭一起。

我走在最前面，接著是阿克婭，而惠惠和達克妮絲也跟在她身後。

我轉頭對阿克婭說：

「為什麼妳每次都這樣，一旦立了什麼功就一定要闖個什麼禍出來呢？是怎樣？是得了某種一定要把自己的活躍表現抵銷歸零才甘心的病嗎？」

目前相抵之後是負值就是了。

「等一下啦！這次絕對不是我的錯！拜託你相信我好不好！我真的就只是在頭目的房間裡設下淨化魔法陣而已喔，才不會因為這樣而導致怪物大量產生呢！這應該跟之前那次惡靈騷動不一樣才對！」

阿克婭抓住再次邁開步伐的我的肩膀不住搖晃，並且這麼說。

「喂，妳住手啦，這樣很難走耶！再說了，原因是不是妳根本就不是重點！要是瑟娜在調查地城的時候，發現地城最深處的房間裡留有妳做的魔法陣，那才是個大問題！」

地城深處的魔法陣。

我們得想辦法湮滅證據，否則她又會懷疑事件和我們有關。

我姑且帶了個能夠消除魔法陣的清掃道具過來，但可以的話我想靠不需要進去裡面的方式解決一切。

一路上除了大哭大鬧的阿克婭之外沒有碰上什麼問題，我們順利抵達了地城前。

「……原來如此，確實是很神祕的怪物。」

抵達地城的我們，在遠方觀察著不斷從入口湧現的怪物。

一言以蔽之，就是面具人偶。

戴著面具，高度及膝的人偶，靠著兩隻腳走了出來。

「那是什麼啊？看起來真奇怪。我既沒看過，也沒聽說過這種東西。」

惠惠歪著頭望著那些人偶，看起來似乎很感興趣。

「應該說，乍看之下好像沒什麼戰鬥力的樣子。」

達克妮絲身上的厚重鎧甲喀嚓作響，她意興闌珊地這麼說著。

「該怎麼說呢？我對那人偶有種生理上無法接受的感覺。是為什麼呢？看著那東西，我的肚子裡就會冒出一把無名火。」

說著，阿克婭撿起手邊的石頭。

——就在這個時候。

「佐藤先生……！你在這種地方做什麼？難道你改變心意，願意協助調查怪物嗎？」

聽見有人從背後叫我，我轉過頭去，看見的是帶著一大群冒險者的瑟娜。

瑟娜身上的裝備相當輕便，也沒穿鎧甲，倒是手上拿著畫了奇妙圖樣的符咒。

她已經到了啊。

……沒辦法，現在也只好先配合她了。

「仔細想想，才覺得有神祕怪物出沒對我們而言也不是完全無關。而且，保護害怕那些怪物的鎮民，也是身為冒險者的義務嘛。」

「我從來不曾像現在這麼希望現場有能夠看穿謊言的魔道具……不過，這樣啊。我衷心感謝你的幫忙。」

瑟娜這麼說著，並深深行了一鞠躬。

怎麼辦，我的良心感到非常不安。

這個人並非對我懷恨在心，而是老實到不知變通，純粹只是對我的嫌疑追究到底而已。

「如果是這樣的話，佐藤先生也請收下這個。產生怪物的原因尚未明朗，不過最有可能的應該是有人在召喚吧。如果這個假設是真的，請打倒召喚者，並將這個貼在魔法陣上。」

說著，瑟娜將手上的符咒交給了我。

「……這是？」

「蘊含強力封印魔法的符咒。只要貼上這個，無論是多麼強大的魔法陣都會立刻失去作用。召喚怪物的魔法陣當中，有些種類是打倒術士之後仍然會持續召喚怪物的，所以請務必將這個帶在身上。」

原來如此，還有這麼方便的東西啊——但是，我們並不需要那種東西。

「不，我不需要那個。放心吧，我有個好主意。地城裡那麼多怪物，根本不需要特地進去裡面……惠惠！妳準備好了嗎？」

「早就好了，交給我吧。」

順應著我的呼喚，惠惠舉著法杖走上前。

瑟娜見狀，驚慌地說：

「這、這是怎樣？你們想做什麼？難道……！」

「哎呀，想通了嗎？沒錯，就是要對準地城入口施展爆裂魔法，將地城封鎖起來……」

「不、不可以！請你們查明原因！這種怪物怎麼看都不是自然產生的，能夠召喚出這麼多怪物的話，潛伏在地城裡的很有可能是相當大咖的傢伙。即使封鎖了地城，要是對方能夠使用瞬間移動，就會被對方逃掉。因此目標是要麻煩你將能夠造成這種大規模危害的敵人找出來，並加以討伐。」

可惡，又說這種麻煩的話。

這下糟了，我一點也不想進去地城裡面啊。

而且惠惠的爆裂魔法在地城裡又不能用……

這時，也不管我面臨了這麼大的煩惱，阿克婭正準備朝面具怪物丟石頭。

她剛才說那個怪物讓她生理上無法接受，原來真的讓她那麼討厭啊。

但那原本對我們毫無敵意的怪物，突然朝著準備丟石頭的阿克婭衝了過去。

「咦，等等！是、是怎樣！……哎呀？」

然後，怪物並沒有攻擊阿克婭，而是緊緊抱住她的膝蓋。

「怎麼搞的，這是在撒嬌嗎？這個面具雖然越看越讓我滿肚子火，但像這樣對我撒起嬌來，卻又覺得越看越可愛…………吶、吶，和真，這個人偶好像一點一點漸漸變燙了耶。應該說，我有一種非常不祥的預感！」

阿克婭大吼大叫地朝我這邊跑了過來，而同樣有不祥預感的我，便連忙遠離阿克婭。

然後——

隨著爆炸聲響大作，緊緊抱在阿克婭身上的人偶已經完全消失，不見蹤影了。

剩下的就是被捲入爆炸當中，衣物變得破爛不堪，並趴倒在地上的阿克婭。

「……如你所見，這種神祕怪物的習性就是會黏到有動作的人身上然後自爆。冒險者公會也不知道該如何應對。」

「原來如此，這下子可就有點棘手了。」

「你們為什麼那麼冷靜！稍微擔心我一點好嗎！慰問我一下好嗎！」

正當我和瑟娜冷靜地對話時，阿克婭猛然跳了起來如此抗議，好像都快哭出來了。

但她看起來還挺活蹦亂跳的啊。

「不過，這下可傷腦筋了……這種怪物的手段只有自爆攻擊，不過只要稍微傷到他一點就會自爆；即使沒傷害它，也會趁我們不注意的時候黏上來，照樣自爆。以現狀而言，只能離得遠遠的，一隻一隻打倒它們。」

瑟娜一邊說，一邊看著抱腿縮在一起，正在接受惠惠安慰的阿克婭。

別看阿克婭那樣，她身上穿的羽衣可是號稱神具的最強裝備。

否則，以剛才的爆炸威力而言，遭受攻擊的人應該會受到相當嚴重的傷害才對。

真是難搞的怪物啊。

要一邊拿石頭丟它，一邊前進嗎？

可是，湧現到地面上來的怪物都已經這麼多了，不知道還有多少聚集在地城裡面。

要在這樣的狀況下一隻隻驅除那些怪物然後再前進的話，實在有點……

而且是說，我完全搞不懂這種神祕怪物的目的是什麼。

說穿了，到底是誰，又到底是為了什麼目的，而放出這種怪物來啊？

——正當我們在煩惱著這些事情的時候，達克妮絲忽然靠近其中一隻人偶，什麼也沒說，突然就揮拳揍了過去。

「咦？妳沒頭沒腦的在搞什麼啊！」

就在我和周遭的冒險者因為她的舉動而驚慌失措時，挨揍的人偶黏到了達克妮絲身上。

不久之後，那個人偶就像剛才黏住阿克婭的一樣，盛大地爆炸了。

接著，在爆炸之後——

「……嗯，這種程度我還撐得住。沒問題。」

這麼說著，達克妮絲看起來依然生龍活虎。

正當瑟娜和其他冒險者為了達克妮絲的耐打而驚訝不已時……

「由我上前開路好了，和真就跟在我的身後吧。」

達克妮絲對我說出這種充滿男子氣概的台詞。

這次的地城探索，不是像上次那樣靠潛伏技能潛入。

這次的計畫，是要和其他冒險者一起從正面闖進去。

此時，惠惠拉了拉我的衣角說：

「和真、和真，我進去裡面也只會礙手礙腳，可以在這裡待命嗎？我會在地城的入口做好隨時可以使用魔法的準備，要是碰上大咖的怪物就逃出來吧。」

的確，召喚這種怪物的傢伙應該就在地城裡面。

然後，那種傢伙通常都很強。

還是讓惠惠在這裡待命，當成被大咖怪物追殺時的王牌好了。

「這樣的話，我也和惠惠一起在這裡等你們喔。在你們進入地城之前我會先為你們施展輔助魔法，你們兩個要小心喔。」

阿克婭也拍了拍被煤灰弄髒的衣襬這麼說……

「喂，給我等一下！妳也要一起來！妳和惠惠又不一樣，在地城裡也派得上用場吧！」

「不要————！我不想再進地城了啦！進去地城，我一定又會被丟在裡面！沒錯，而且還會有大量的不死怪物追著我跑啊————！」

阿克婭摀著耳朵蹲了下去，不停搖頭叫著不要。

看來之前潛入地城時，我作勢要把她一個人丟在裡面的事，害她受到心靈創傷的樣子。

我煩惱了一會兒，決定把阿克婭也留在外面。

帶著這個傢伙的話，碰見不死怪物的機率就會暴增。

而且這次是和其他冒險者一起進入地城，萬一碰上鬼魂之類沒有實體的不死怪物，也總該有人有辦法攻擊吧。

「這樣一來，我們的小隊裡面要進地城的，就只有我和達克妮絲兩個人囉。」
「嗯……在陰暗的地城裡要跟和真兩個人獨處啊。感覺和真似乎比怪物還要危險。」
「小心我也把妳丟在地城深處，讓妳受到和阿克婭一樣的心靈創傷喔。」
在我們鬥嘴的時候，其他冒險者好像也決定好要進去地城的成員了。
部分冒險者留在地上，負責保護瑟娜以及驅除怪物。
要和我們一起進入地城的，有男女合計約二十名。
攻略法則是由達克妮絲打頭陣，其他冒險者就跟在她身後——

——我手上的油燈，照亮了地城裡昏暗的通路。
可能遭受自爆攻擊的達克妮絲手上拿的不是油燈，而是大劍。
我走在達克妮絲後面隔了幾步遠的地方，高舉著油燈，讓走在先頭的達克妮絲也能夠看清楚前方的路。
其他冒險者也都陸續跟在我們後面。
雖然是個陰暗而潮濕的地城，不過有這麼多人在就也沒什麼好怕的了。
話雖如此，我們的目的和他們並不一樣。
其他冒險者的目的是調查產生怪物的原因，但我們的目的是消除巫妖的房間裡的魔法陣，湮滅證據。

因此，他們像這樣跟在後面讓我非常困擾。

——不過，話又說回來了……

「呵呵呵呵，哈哈哈哈哈哈！和真，快看！砍中了，砍中了啊！就連我的劍也可以確實砍中這些傢伙啊！」

走在我前面的達克妮絲開心地揮舞著劍，砍遍那些絲毫不打算閃躲攻擊的人偶。

理所當然的，人偶也會以自爆攻擊進行反擊，然而，儘管達克妮絲的臉頰和鎧甲上已經沾滿了煤灰，她還是一臉沒事的樣子，開心地向前衝鋒陷陣。

該怎麼說呢，她大概還是有點介意一直以來攻擊都打不中對手的事吧。

既然如此，就別再抱持那種無謂的堅持，乖乖學個「大劍」之類的技能不就好了嗎。

或許是因為攻擊能夠命中，這種真正派上用場的感覺讓她非常開心吧，達克妮絲有如坦克一般在地城內不斷往前衝去。

這裡不愧是知名巫妖親手打造的地城，結構似乎相當堅固，即使經過一連串的爆炸，依然沒有絲毫會崩塌的跡象。

「喂——等、等我們一下！動作慢一點啦……！」

後方傳來了其他冒險者的聲音。

我不經意地轉過頭去，發現因為達克妮絲埋頭猛衝，我們和後半的隊伍之間拉開了很長的距離。

然後，那種怪物也不斷從地城通道的兩旁跳出來。

「等……！啊啊啊啊，我被黏上了！喂，誰快來幫我拉開這個傢伙啊！」

「喔哇啊，別過來！不要過來這邊啊——！」

那種怪物的爆炸威力還不小。

但是，即使不像達克妮絲這麼耐打，也沒有阿克婭身上的那種神具，穿了一身鎧甲的冒險者應該也不至於喪命才對。

所以，雖然有點過意不去，但這個時候就該……！

「達克妮絲，就是這樣！下一個路口直走！往前衝就對了！」

「好，包在我身上！啊啊，這種激昂的感覺是什麼啊！我覺得自己第一次真正發揮了身為十字騎士的作用啊！」

感覺滿亢奮的達克妮絲似乎沒有發現後面現在是什麼狀況。

就這樣一口氣衝到最深處去，然後就趕緊告別這個地城吧！

3

過分順利地抵達最深處，我們來到目的地，也就是巫妖的房間附近。

如果我沒記錯的話，應該就在這條通道的盡頭。

「……那是怎樣啊？那個傢伙怎麼想都是這些怪物的主人吧。」

在我和達克妮絲面前，有個盤腿坐在巫妖的房間前方的身影，正捏著地上的泥土，勤奮地製造著人偶。

他身上穿著和地城完全不搭的晚禮服，製造人偶的手上戴著白手套沒脫，臉上戴的面具和攻擊我們的人偶戴的完全是相同款式。

沒遮住嘴邊的面具，給人一種不祥的第一印象。

他不可能沒發現拿著油燈的我們，但或許是太專注在製造人偶了，那傢伙連看也沒看我們一眼。

因為有面具看不出長相，但根據體格研判應該是個男的吧。

正當我不知該如何是好的時候，達克妮絲大步走向那個面具男。

「喂……你這個傢伙在那裡做什麼？既然在製造那種人偶，就表示你正是這場怪物騷動的元凶，沒錯吧？」

然後，達克妮絲拔出了大劍，對面具男擺出架勢。

面具男這才面向我們，那就像是聽見達克妮絲說話才發現我們一樣。

仔細一看，那個傢伙身形還滿高大的。

他手邊沒有像是武器的東西，但看得出肯定不是小怪等級的角色。

男子臉上的面具的眼睛部分發出了紅色的光芒，露在外面的嘴角上揚了一下。

「喔喔……沒想到有人能夠抵達這裡啊。冒險者啊，歡迎來到吾之地城！汝輩說的沒錯，吾正是罪惡的根源及元凶！是魔王軍的幹部，也是率領惡魔的地獄公爵！能夠看穿世間所有事物的大惡魔，巴尼爾！」

現身的是出乎意料的大咖！

——在昏暗的地城當中，我一步步緩慢地往後退。

達克妮絲謹慎地面對巴尼爾舉著劍，但畢竟是魔王軍的幹部，她難免也顯得有些緊張。

糟糕，我完全沒料到會和達克妮絲兩個人碰上魔王軍的幹部。

不，現在回想起來其實有許多預兆。

比方說，像是在害怕什麼似地竄出地面的蟾蜍。

嚇到牠們的或許並不是爆裂魔法。

就像之前貝爾迪亞來到這個地方那時一樣，弱小的怪物都嚇得逃走了。

「達克妮絲。喂，達克妮絲，只靠我們處理不了這種狀況，還是想辦法逃離這裡吧！」

「你說的這是什麼話！侍奉艾莉絲女神的我，面對魔王軍的幹部，而且還是惡魔的時候，怎麼能夠退縮！即使會在這裡同歸於盡，我也要打倒這個傢伙！」

這個女人為什麼就是這麼頑固啊！

聽了達克妮絲的話，巴尼爾興致勃勃地揚起嘴角說：

「喔喔，汝說要打倒吾？打倒人稱可能強過魔王的巴尼爾先生的吾？不過……擔心在浴室被看見裸體時，那邊那個男人有沒有發現妳是腹肌塊塊分明的女孩啊。吾不知道汝是在動什麼怒，不過我聽說容易生氣的時候多吃些小骨頭是有助於改善。吾的面具有一部分使用了魔龍的骨頭，借汝咬一口也沒關係喔。」

「腹腹、腹肌……！你你、你這個傢伙少胡說，該死的魔王爪牙！和真，這個傢伙說的都是謊話！我的腹肌才沒有那麼塊塊分明，我也沒擔那種心！」

「呃，喂，別激動啊，達克妮絲。總之妳先冷靜一點！」

我抱住揮舞著劍，並作勢要砍過去的達克妮絲。

巴尼爾絲毫不在意亢奮起來的達克妮絲，依舊保持著盤腿坐的姿勢，並且說：

「汝輩冷靜一下嘛。吾來到這個地方，並不是為了和汝輩起爭端。是因為魔王那個傢伙拜託吾前來調查一件事情。然後，吾也有件事要找住在阿克賽爾的，那位擁有越工作越窮這種奇妙特技的廢物老闆。」

聽巴尼爾這麼說，我不禁和達克妮絲面面相覷。

4

站在一旁的達克妮絲毫不鬆懈地舉著劍，以便隨時可以出招，而我則是在地城的地板上坐了下來，聽巴尼爾說話。

「首先，雖然說是魔王軍的幹部，也只是接受魔王那個傢伙的請託，幫忙維持城堡的結界罷了，說穿了就是掛名幹部。而吾則是屬於世人所說的惡魔族。對於惡魔而言最棒的美食，就是人類所發出來的，感到厭惡的負面情感。在吾輩眼中，人類是美食製造機，才不會做出破壞汝輩，或是傷害汝輩等這種蠢事。每當有人類誕生的時候，吾反倒還會高興到在庭

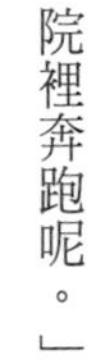

院裡奔跑呢。」

「這、這樣啊……可是，要讓我們發出負面情感，就表示你們還是會加害我們不是嗎？過著和平的生活，應該不太會產生負面情感才對吧。」

目前對方並未表現出敵意，但既然是魔王軍的幹部，只靠我們兩個人肯定應付不來。

現在還是配合他的意思去做，避免戰鬥比較好。

話說回來，維持結界用的掛名幹部……

他也是個定位和維茲一樣的傢伙啊。

巴尼爾依然盤腿坐在地面上，一面靈巧地製作人偶的面具，一面說：

「不過，說是負面情感，其實由高到低也有千千百百種。每個惡魔的味覺不同，也各有喜好。有些惡魔喜歡人類的恐懼和絕望，也有些像吾這樣，喜歡化身為絕世美女接近男人，千方百計讓對方愛上吾之後，才露出真面目說『可惜了，其實是吾啊！』，並品嘗對方流下血淚的那種心情。」

「我開始覺得果然還是解決掉你比較好了。」

我以懷疑的眼神看著那個戴著可疑面具的惡魔。

——而魔王似乎是叫這個惡魔來調查打倒貝爾迪亞的人類。

「正當吾在捉弄魔王那個傢伙的部下，食用其負面情感時……『不要擅自賴在我的城堡裡欺負我的部下，偶爾也工作一下嘛……』，就被那個傢伙這麼拜託了。吾心想可以順便拜訪住在這個鎮上的老友，所以姑且接下了調查的工作。而在吾路過此地時，發現了這個沒有主人的地城，心想正好合用，便擅自住進了這裡。」

那你的調查工作呢？你的老友呢？隨興也該有個限度吧！雖然我很想這麼吐嘈，但要是他說「那不然我開始工作好了」也會讓我很傷腦筋。

畢竟，打倒貝爾迪亞的人類就是我們。

——雖然很想不管這個傢伙直接閃人，但有件事情讓我無法坐視不管。

「你剛才說了傷害我們人類會讓你很困擾之類的話，但這些人偶又是怎麼回事？它們不斷從地城當中冒出來，讓鎮上的人們吃了不少苦頭呢。」

「……嗯？這些傢伙是吾用來驅逐地城裡的怪物用的東西耶。這樣啊，既然已經多到跑出地城外面了，就表示這個地城裡已經沒有怪物囉。既然如此，吾也差不多該停止量產巴尼爾人偶，開始執行下一個計畫了吧。」

「……下一個計畫？你到底有什麼企圖？」

聽我這麼說，巴尼爾一面讓做到一半的人偶回歸塵土，一面說：

「說什麼企圖，太失禮了吧。不過是因為鎧甲女孩幾天沒回家，就擔心到像熊一樣在自

己的房間裡來回踱步的男人啊。身為惡魔，吾有一個遠大的夢想。之所以來到此地，就是為了實現那個夢想。」

「喂！閉嘴啦，你確實說過自己是能夠看穿所有事物的惡魔，但怎麼可以說得像是親眼看過一樣……妳、妳也別在那邊扭扭捏捏了好嗎！」

在一旁微微紅著臉，還不斷偷看我的達克妮絲真是有夠煩人。

我擔心她的確是事實，但哪有在房間裡來回踱步……頻率應該沒有高到值得一提吧。

「惡魔的夢想感覺就不會是什麼好事。總之，我可以先問一下是怎樣的夢想嗎？」

在達克妮絲怒目凝視之下，巴尼爾點了點頭……

「已經存在了近乎永久的時光的吾……從以前開始，就具有壯烈的毀滅欲望——那就是在食用極致的負面情感之後，華麗地逝去。從很久以前開始，吾就一直在思考，久到究竟是從什麼時候開始思考這件事都回想不起來了。吾一直在思考，到底該怎麼做，才能吃到吾最喜歡的極致負面情感。於是，吾終於想到了……」

看見巴尼爾說到這裡笑了一下，我屏息以待。

「首先，吾要取得一個地城。然後，派吾的惡魔下屬在地城的各個房間待命，設置各種嚴苛的陷阱！身經百戰的高強冒險者就會前來挑戰！歷經一次又一次的挑戰之後，終將會有人來到吾之地城的最深處才對！」

巴尼爾大概是越說越興奮，他的手勢越做越大，語氣也越來越激動。

「然後，在地城的深處，等在最後的當然是吾！到時候吾會說著，『虧你們可以來到這裡，冒險者啊！來吧，打倒吾，取得龐大的財富吧……！』這樣的話。接著就展開最後一戰！激戰過後，吾終於被冒險者打倒。最後，施加嚴密封印的寶箱，出現在潰不成形的吾身後。在逐漸失去意識的吾眼前，克服了苦難的冒險者打開那個寶箱……！」

我和達克妮絲不禁嚥下口水，默默等待。

「……在寶箱裡的是一張寫著銘謝惠顧的紙片。冒險者看著紙片一臉茫然，而我想看著這一幕邁向毀滅。」

「別這樣啦。這樣真的很可憐，拜託唯有這招千萬別用……」

「喂，和真，我覺得這個傢伙果然應該在這裡解決掉。」

巴尼爾對我和達克妮絲輕輕哼笑一聲，又說：

「吾之友人在此地經營一間商店。吾原本是想請她讓吾在店裡工作存錢，再以那些資金作為本錢，請友人靠她的力量建造巨大的地城。但是，當吾經過這個地城的時候，發現這裡沒有主人，於是轉念一想，決定用這裡就好，便賴著不走了。」

「因為那種讓人不知道該說什麼的理由而賴著不走也太……總之，我知道你待在這裡是要做什麼了。反正你好像也不會繼續製造那種人偶，所以我也不會多說什麼。我們來這裡，

是要去你身後的那個房間辦點事情。老實說，我們是來消除那個房間裡的魔法陣。」

「啥……！喂，和真，比起魔法陣，現在更應該處理這個傢伙吧！你打算不管這個魔王軍幹部嗎？人類的敵人就在我們眼前啊！」

話是這麼說沒錯，但只有我和達克妮絲兩個人是要怎麼處理魔王軍幹部啊？

正當我準備站起來，打算消除魔法陣之後就閃人的時候。

「……魔法陣？喔喔，汝願意消除這個讓吾吃了不少苦頭的魔法陣嗎？汝真的是太親切了。不知道是哪個給人添麻煩的傢伙幹出來的好事，都是這個惹人厭的魔法陣害得吾進不去房間裡面，正在傷腦筋呢。如果汝願意幫我消除這個的話，吾就送一個本人親手製作的，會在半夜發笑的巴尼爾人偶給汝。」

「我、我才不要。應該說，對我們而言，繼續讓這個魔法陣留在這裡也很傷腦筋。消除這個之後我們就要走了，之後隨便你想怎樣就怎樣吧。」

我原本想趕緊消除魔法陣就走人，隨口這麼說。

「這個魔法陣為何會對汝有壞處？吾看看，待吾拜見一下汝的過去……」

結果我那番話似乎引起巴尼爾的興趣，於是他稀鬆平常地說著這樣的話……

……不對，等一下……！

「……………………呼哈哈！」

我還來不及阻止，巴尼爾卻似乎已經看穿了什麼，乾笑了幾聲。

感覺到他發出異樣的氣息，達克妮絲站上前護住我。

「呼哈哈哈……呼哈哈哈哈哈哈！呼哈哈哈哈哈哈哈哈哈哈哈哈哈！該說是竟有此事，還是果然如此呢！這個找吾麻煩的魔法陣，是和汝輩同夥的祭司設下的啊！就連身為大惡魔的吾都無法越雷池一步，能夠設下此等魔法陣，那個祭司莫非是……！」

糟糕，雖然不知道是怎麼回事，但這個惡魔好像受到刺激了！

巴尼爾緩緩站了起來，面具底下看著我的眼睛發出紅色的光芒。

不同於紅魔族的紅色眼睛，是一種符合魔族形象，能夠喚醒人類本能中的恐懼的，顏色有如鮮血一般的眼睛。

「喔喔……看見了，吾看見了！就在地面上！就在這個地城的入口啊！吾看見了那個設下魔法陣的祭司正悠閒地喝著茶，一副很無聊的樣子。」

如果他所言屬實，我真想立刻回去打阿克婭那個傢伙一頓，大罵是誰害我這麼辛苦的。

巴尼爾面具底下的臉孔顯得神采奕奕。

「好了。賭輸那個男人，十分在意他所謂『過分的要求』，從剛才開始在就一直在各方

面都難以排遣並有所期待，一直扭扭捏捏的女孩啊。還有，一直在想這件事情結束之後，到底要對那個女孩做出什麼要求而心癢難耐的男人啊。汝輩快讓開吧！放心吧，『不殺人類』是吾之鐵則。沒錯，吾不會殺害人類……如果是『人類』的話啊！設下這種找吾麻煩的魔法陣的傢伙，一定要給她一點顏色瞧瞧！」

「我並沒有難以排遣也沒有在期待什麼更沒有扭扭捏捏少胡說了！少少、少胡說了！」

「沒沒、沒錯！我才沒有心癢難耐！才才、才沒有呢！」

我們勉強承受住能夠看穿心思的巴尼爾的精神攻擊，這時他準備往我們這邊踏出一步。

這個傢伙說他是能夠看穿所有事物的惡魔，而且剛才還強調他不殺「人類」。

也就是說，他已經掌握到阿克婭的真實身分了嗎……？

這時，達克尼絲舉起大劍，指著朝我們逼近的巴尼爾。

「如果你打算危害阿克婭的話，我可不能退讓。身為侍奉艾莉絲女神的十字騎士，我不能讓你過去！」

「不只腹肌很硬，連腦筋也硬到轉不動的女孩啊。要是吾認真起來的話，想葬送汝輩並非難事。但是，吾並不打算殺害人類。畢竟，哪個人會在什麼時候產生出極致的負面情感都很難說。汝輩還是趕快回去，完成彼此都很期待的『過分的事情』吧。能夠看穿所有事物的千里眼惡魔向汝輩保證，現在立刻回去的話，就不會被任何人妨礙，事情的發展必定能夠如汝輩所期待的喔。」

這、這個傢伙……

「達克妮絲，別理他！這正是所謂的惡魔的呢喃！別被他那番誘人的話語所迷惑了！」

「誰、誰會被迷惑啊！和真才是，想一下時間和場合好嗎！」

奇、奇怪了？我的內心超級動搖耶……！

什麼嘛，這樣算什麼千里眼惡魔啊，害我把剛才那句「從剛才開始在就一直在各方面都難以排遣並有所期待，一直扭扭捏捏的女孩」給當真啦。

……這時，我不經意地看向達克妮絲，發現她的臉頰有點紅，不住抖動的劍尖也顯示出她的內心正在糾結。

「呼哈哈哈哈哈哈哈！明明彼此都對於對方的異性部分有點興趣，卻因為身在同一個小隊裡而不敢跨越那道界線的兩個膽小鬼啊！乖乖退開吧！不然，汝輩可以在吾通過之後，到那個設有魔法陣的房間裡休息一下再回去！」

果真是惡魔的呢喃！

之前遇見的敵人都不曾設下如此凶惡的陷阱！

「喂，和真！你在糾結什麼！我們住在同一間豪宅裡，要是發展成那種奇怪的關係多尷尬啊！振作點！」

「嚇！對、對喔，對方可是達克妮絲耶，我得振作一點啊！只不過是長相還不錯身材又很合我意，但內在卻很那個的達克妮絲，不可以被一時之間的慾望給蒙蔽！」

「你、你這個傢伙，回去之後你就知道了……！」

少女心還真是複雜啊。

「喔喔……沒被吾之話語所誘惑啊。不過，這下該如何是好呢？吾所使用的各種招式，全都是作弊級的高威力必殺技。比方說，吾之巴尼爾式殺人光線。由於是殺人光線，身為人類的汝只要中了這招就是死，就算沒中也是死。除此之外還有巴尼爾式眼睛光束之類，但這招有個缺點就是用了之後吾之雙眼會燒焦，所以至今未曾試用過……」

「夠、夠了！再跟你說下去我都快發瘋了！我不會讓你到阿克婭她們那邊去，如果你無論如何都想過去的話，就得先打倒我再說！」

說著，達克妮絲就搶先朝著巴尼爾砍了過去！

5

巴尼爾輕鬆躲過達克妮絲一次又一次的攻擊，同時愉悅地放聲大笑：

「呼哈哈哈哈哈！什麼嘛，汝這個女孩氣勢凌人，攻勢卻是完全落空！……嗯？還有一個人呢？那個耍起嘴皮子來不輸人，表現得卻不怎麼醒目的男人消失到哪去了？」

說著，巴尼爾環顧四周，想要找到不知不覺間消失了的我。

……話說回來，表現得不怎麼醒目還真是對不起喔，反正我的招數就是都很樸素啦！

「少左顧右盼了！你的對手是我！」

聽著達克妮絲這麼說……

「那個看起來很心機的男人消失到哪裡去了？該怎麼說呢，那種鼠輩比起腦袋裡也長滿肌肉的十字騎士還要棘手多了。吾確實能夠感覺到他的氣息，但人到底在哪裡……？」

在達克妮絲砍向巴尼爾的同時，我放下油燈，在黑暗中緊貼著牆壁，一面使用潛伏技能，一面繞到他的身後。

耍心機又怎樣，沒有人會笨到正面對付魔王軍的幹部啦。

「少瞧不起我，給我面對這邊——！」

達克妮絲舉劍橫掃。

同時，巴尼爾也往後跳了一大步。

——正好背對著我擺好體勢的所在之處。

我解除了潛伏技能，瞄準了背對著我的巴尼爾，用自己整個人的重量，往他的背上全力

使出一記飛踢！

「唔喔！鼠輩，汝是什麼時候溜到這裡來了……糟、糟糕……！」

原本已經躲過攻擊的巴尼爾因此不穩地往前踏了幾步，回到達克妮絲的攻擊範圍之內。

達克妮絲毫無精準度卻威力十足的斬擊一閃，橫掃過巴尼爾的身體。

巴尼爾的左手飛上了天，軀幹部分更是出現了嚴重的致命傷，讓他跪倒在地——！

「沒想到，竟然……該死，是吾太大意了……！沒想到這種新手聚集的鎮上，居然潛藏著汝輩這等高手……！唔……難道吾……要在此滅亡了……嗎……」

留下這番話，巴尼爾的身體便隨著晚禮服一起潰成沙土，只剩下面具留在原地。

放在地上的油燈發出微弱的光芒照亮四周，陰暗的地城內只聽得見達克妮絲急促呼息。

「不會吧……我真的……解決掉魔王軍的幹部……了嗎……？」

達克妮絲一臉自己也難以置信的表情，緊握著手中的大劍，戰鬥後的亢奮之感尚未退去，讓她渾身顫抖著。

「……要是現在說什麼『幹掉了嗎？』之類的，結果多半都是沒幹掉。不過，這個傢伙剛才被砍的時候自己也嚇了一跳，所以這應該是真的幹掉了吧？」

「就在兩位如此期待的時候。」

像是回應了我的話語似地，一道突兀的聲音傳來。

聲音的來源，是掉落在地上的面具。

面具吸取了下方的地城的沙土，一扭一扭地形成了身體。

最後，完成了身上一樣穿著晚禮服，和剛才完全沒有兩樣的男子。

「汝輩該不會以為自己成功討伐吾了吧？可惜，完全沒有傷到啊！呼哈哈哈哈哈哈！呼哈哈哈哈哈哈哈哈哈！哎呀，兩位的負面情感，真是美味極了！」

我真想宰掉這個傢伙！

「你那是什麼莫名其妙的身體啊，魔王軍的幹部就可以這麼犯規嗎！」

「嗚嗚嗚……我還以為解決掉他了……還以為平常從來攻擊不到敵人的我，解決掉魔王軍的幹部了……因為對抗毀滅者時沒什麼存在感，我還以為自己這次終於有所表現了……」

就在達克妮絲難過地這麼說著，劍尖不住顫抖時，巴尼爾開心地笑著說：

「呼哈哈哈哈！這個肉體不過是吾以魔力創造出來的假身體，面具才是我的本體啊。無論汝怎麼砍，這個身體也只會變回沙土而潰散罷了！最後，吾之身體曾經潰散的地方，都會因為富含魔力的沙土成為最棒的養分，而成為花朵盛開，蝴蝶飛舞的……」

「聽不懂你在鬼扯什麼啦！越聽你講話我的頭就越痛！可惡，達克妮絲，怎麼辦？現在還是先撤退吧？」

「我不要！受到此等愚弄是騎士之恥！我非得先對這個傢伙還以顏色不可……！」

就在達克妮絲對巴尼爾強勢地如此宣言的時候。

「嗯，這樣啊，吾明白了。但吾可不想陪汝輩一直這樣耗下去。既然如此，吾就露一手這種時候專用的必殺技吧！吾有一招不會傷害任何人，只會取得負面情感的珍藏招式，就讓汝輩見識見識！」

說著，巴尼爾以右手拿起自己的面具……！

「喂，達克妮絲！好像不太妙！我們先逃離這裡吧！」

「太遲了！擁有頑強肉體的十字騎士啊！吾要借用汝之身體囉！」

巴尼爾如此大喊，便將手上的面具朝達克妮絲丟了過去——！

6

「……達克妮絲？喂……達克妮絲！妳說話啊！」

被巴尼爾的面具丟中，達克妮絲的臉上黏著他的那張面具，拿著劍的手自然垂下，低著頭動也不動。

這種發展不太妙啊。

照理來說，根據巴尼爾剛才的發言和現在這狀況兩者相對照之下，達克妮絲的身體肯定被占據了吧。

事實上，丟出面具的巴尼爾的身體已經潰不成形，化為沙土了。

戴上面具的達克妮絲，輕輕抬起頭來……！

「呼哈哈哈哈哈哈哈！呼哈哈哈哈哈哈哈！小鬼，仔細聽好了！吾這種特殊的力量，**（怎麼辦和真，我的身體被占據了！）**怎樣啊小鬼，汝要是敢攻擊這個女孩，**（我無所謂！不用客氣，盡量攻擊！快，來吧！這是最棒的狀況了！）**」

從達克妮絲口中，說出這番牛頭不對馬嘴的話。

「……你們到底想說什麼啊？」

「怎麼可能，這個**（美麗的）**女孩是怎麼回事！……混、混帳，不准隨便插嘴鬧著玩！不過這到底是怎麼回事，這傢伙的精神也太頑強了吧……**（簡直就是十字騎士的典範啊！）**……吵死了，閉嘴！」

這是怎樣，照理來說應該是個危機才對，達克妮絲卻表現得非常氣定神閒。

應該說，感覺好像有點好玩啊。

「竟然能夠抵擋吾之支配能力，汝這女孩真不是蓋的！**（沒、沒有啦……）**但是，要是妳一直抵擋我的支配，最後汝之身體將會感受到難以承受的劇痛！**（你、你說什麼！）**呼哈哈哈哈哈哈！好了，我就看看妳能夠抵擋到什麼時候吧！……這是什麼？別說是負面情感了，她的內心湧現出來的是吾不喜歡的……喜悅的感覺……？」

見被巴尼爾附身的達克妮絲站在原地一動也不動，我決定丟下她，趁這個空檔完成一開始的目的。

我走進原本有巫妖的那個房間，以準備好的清掃道具迅速消除魔法陣的痕跡。

就在我做著這件事的時候……

「（**我……！我才不會輸給這種痛楚呢……！**）汝之氣概很值得敬佩！但是，繼續忍耐下去將招致汝之精神崩潰……！……汝這傢伙啊，該不會是在享受這個狀況吧？」

也聽見了巴尼爾困惑地這麼說。

終於，我清完魔法陣的痕跡之後，回到似乎仍在內心持續糾葛的兩人身邊。

「好了，達克妮絲，目標達成了！再來只要回到地上去就可以了！我們趕緊和阿克婭會合，快快逃跑吧！」

說著，我走向達克妮絲，卻被她用大劍指著。

「不准再靠近一步了，小鬼（**和真，別管我！把我丟在這裡，你先走吧！**）別以為事情能夠如汝之所願（**……啊啊！我一直很想說說看這句台詞啊……！**）汝對這女孩頗有好感，也不希望她受傷吧？（**！**）要是這個女孩繼續抵抗吾之力量（**和、和真，這個自稱千里眼的**

惡魔，剛才說了一件讓人非常在意的事情耶。）好了，想阻止這種事態發生的話，汝也開口勸阻這個女孩**（你的心意我很高興。我很高興，但是我們之間的身分差距太過懸殊，再加上目前我們身處同一個小隊……）**煩死人啦啊啊啊啊——————！」

「是你們比較煩吧！算我拜託你們了，要講話的時候一個一個來好嗎，我完全聽不懂你們是在說什麼啊！」

聽巴尼爾突然抓狂大叫，我也不甘示弱地吼了回去。

「唔……！看來挑這個身體是一大敗筆啊**（喂，不准說我的身體是敗筆，太失禮了！）**吵死了，吾要離開了，汝閉嘴！」

看來，巴尼爾也無法完全占據達克妮絲那鋼鐵般的精神，打算放棄附身並且離開。

就連身為魔王軍幹部的他，也對付不了那個變態啊。

巴尼爾累到雙肩都垮了下來，舉起手，準備摘下面具。

——忽然，我想到了一件事情。

要是讓巴尼爾恢復了原本的力量，反而更加棘手吧。

畢竟，只要他的本體——面具沒事，即使碰上危險也能夠替換新的身體。

而且，還有他剛才提過的那些什麼什麼光線之類的危險招數。

那些招式，他在達克妮絲的身體裡的時候有辦法用嗎？

要是這個傢伙認真起來，我和達克妮絲根本無法阻止他前往地上。

——不過，要是能夠就這樣將他關在達克妮絲體內呢？

那不僅是他不習慣的人類的身體，體內還有頗為礙事的達克妮絲在。

……那不如就此把他關在達克妮絲體內，帶回地上之後叫阿克婭她們想辦法處理就好。

沒錯，既然這個傢伙想去找阿克婭，我就帶他去吧。

我走到準備摘下面具的巴尼爾身邊。

——然後將瑟娜給我的封印符咒貼到面具上面。

「怎麼了，小鬼……？怎麼回事？碰不到……喂……汝這傢伙，這是什麼符咒？就算想碰，手指也會被彈開**（嗯，眼前有東西飄來飄去的，真是煩死了……等一下，喂，和真，這不是……！）**」

兩人拚命想撕掉那張符咒，但是被貼上封印符咒的本人，似乎無法接觸到那張符咒。

「是瑟娜給我的封印符咒。好，達克妮絲，妳就維持那個狀態跟我回地上去。妳就把巴尼爾關在體內，將他運回阿克婭她們身邊吧。到時候再叫阿克婭淨化妳體內的東西就好！」

「**（啥！）**」

這個驚叫聲聽起來整齊到像是只有其中一方所發出的那樣。

7

地城裡的人偶型怪物已經驅除得差不多了，我們沒碰到被擋路的狀況。

「小鬼！阻擋吾之支配時，這個女孩的身體隨時都感受著劇痛喔！再這樣下去，劇烈的疼痛會擊潰這個女孩的心靈！所以汝還是乖乖撕下符咒釋放吾才是上策！否則……**（就是這樣，和真！剛才就一直有一股非常不妙的……非常不妙的……！啊啊啊，我還是第一次有這麼強烈的感覺，不愧是魔王軍的幹部！我快要墮落了……！）**」

或許是因為疼痛吧，達克妮絲的後頸冒出了汗珠，氣喘吁吁地跟著我。

就目前看來，還是達克妮絲掌控著身體的支配權。

一路上，那些和我們一起闖進來的冒險者們看見戴上面具的達克妮絲都愣了一下，但現在沒空理會他們了。

「再撐一下就好，達克妮絲！加油！回到地上我馬上就讓妳得到解脫！」

「唔……為什麼會搞成這種莫名其妙的狀況啊……**（別管我，沒關係。）**」

……

「「妳剛才是說了什麼？」」

我和巴尼爾莫名地共鳴了一下。

——說真的，帶著魔王軍的幹部回到地上讓我有點不安。

不過，當作容器使用的可是那副身體。

說穿了，達克妮絲可是笨拙到非同小可的地步。

畢竟，即使砍的是立在眼前的稻草捲，五次當中也會有一次沒砍中。

笨拙到這種程度，反而讓我想問是要怎樣才辦得到了。

總之，如果要對付的是這樣的達克妮絲，只靠地上的冒險者們也有辦法壓制住她吧。

「達克妮絲，撐到現在真是辛苦妳了！剩下的事情就交給阿克婭想辦法解決，我會和其他冒險者一起壓制住妳的身體……」

看見通往地上的光芒，我這麼說著。但我的話還沒說完……

「……呼哈哈……呼哈哈哈哈哈！汝到底在對誰說話啊？」

這個聲音非常清晰，不像之前那樣一直遭到達克妮絲打斷。

難不成——

「支配完成啦！小鬼，汝太小看吾了！之前其實吾是故意放水！認為保持這個模樣接近汝輩的同伴，她肯定會在毫無戒心的狀態下迎接吾！一看見汝輩那個祭司同伴，吾劈頭就要給她好看！」

巴尼爾如此吶喊的同時，明明身上穿著沉重的鎧甲，卻以比我還要快的速度衝上階梯。

糟了糟了糟了！

那個傢伙的目標是阿克婭。儘管戴著奇怪的面具，但要是他以達克妮絲的身體靠近阿克婭，也不會有任何人阻止他吧！

「達克妮絲，醒醒啊！妳應該能夠做得更好才對，難道妳想屈服在惡魔的手下嗎！」

「呼哈哈哈哈哈哈！沒用的，小鬼！這個女孩不知道到底在想什麼，在劇痛超越某個程度之後**（我、我快不行了……）**就滿足地將身體給……混、混帳，不要發出那種奇怪的聲音啦！」

該死，那個變態已經不行了！

巴尼爾控制著已經能夠完全隨他使喚的達克妮絲的身體，並且說：

「好了，和活著走出地城的同伴來個感動的重逢吧！可恨的宿敵啊！吾要好好見識一下面對占據了同伴身體的敵人，汝究竟會如何……！」

他高聲吶喊，跳出了地面上……！

「『Sacred Exorcism』——！」

「（啊啊啊啊啊啊啊啊——！）」

結果等在地城入口的阿克婭劈頭就發出魔法，讓她被白色的火焰給團團包圍住了。

8

跳出地城的巴尼爾渾身著火，身體不支，單膝在地面跪下。

「達、達克妮絲——！」

當然，是在占據著達克妮絲的身體的狀態下。

我連忙衝出地城，趕到達克妮絲身邊，確認她是否安好。

然而，從外表上看來，達克妮絲身上連一點燒燙傷都沒有。

「呼……呼呼呼……呼哈哈哈哈哈哈！呼哈哈哈哈哈哈哈！」

然後，出乎意料的，中了阿克婭的魔法的巴尼爾，看起來似乎也沒怎樣。

「喂，阿克婭，妳這傢伙！不要突然用魔法攻擊達克妮絲啊，這樣對心臟很不好耶！」

我如此訓斥阿克婭，但她毫不歉疚地說：

「你在說什麼啊，剛才的魔法對人類完全無害好嗎！我只是因為感覺到邪惡的氣息朝外面衝了出來，想說總之先施法再說……」

「**（這、這樣啊……如果是這樣的話倒還無所謂，只是就連我也嚇了一跳……下次麻煩先稍微警告一下好嗎……）**」

或許是剛才的攻擊讓巴尼爾的支配稍微鬆懈了吧，達克妮絲的意志再次顯現了出來。

「喂，阿克婭！達克妮絲的身體現在快要被魔王軍的幹部占據了！對方的真面目好像是惡魔！應該是妳最擅於對付的對手吧！」

「魔、魔王軍的幹部！」

我這麼一說，阿克婭還沒做出任何反應，站在遠處觀察情況的瑟娜倒是先叫出聲來。

聽我這麼說，阿克婭皺起眉頭，一臉厭惡地走向達克妮絲。

然後，她緩緩摀住鼻子，並且說：

「好臭！這是怎樣，也太臭了吧！沒錯，這的確是惡魔散發出來的臭味！達克妮絲真是的，怎麼會沾上這種髒東西啊！」

「**（咦咦！我、我自己並不覺得臭啊……？）**」

阿克婭那番話，讓達克妮絲在面具底下淚眼汪汪了起來。

「呼呼呼呼……**（和真，你聞聞看，應該不臭吧！）**呼哈哈哈，呼哈哈哈哈哈哈！**（再說，就算真的有臭味好了，也是因為剛才在地城裡衝來衝去的緣故吧。）**吵死啦！現在是吾

耍帥的場面，汝安靜點啦！」

接著，連巴尼爾也這麼罵她，更讓她垂頭喪氣了起來。

「呼哈哈哈！先說聲幸會好了，可恨的，和那個惡名昭彰的水之女神同名的祭司啊！我是巴尼爾！是地獄的公爵，也是魔王軍幹部之一的大惡魔巴尼爾！」

巴尼爾占據了發言權，相對的似乎卻讓達克妮絲搶回了身體的主導權，因此儘管嘴上說著如此誇張的台詞，身體卻是百般無趣地踢著小石頭。

……話說回來，他剛才提到和水之女神同名的祭司對吧。

看來，這個惡魔果真看穿了阿克婭的真實身分。

「劈頭就用驅魔魔法招呼我，還真是不錯啊！呼哈哈哈，就是這樣，惡名昭彰的阿克西斯教徒才會那麼受人嫌棄！汝連一點禮貌都不懂嗎？」

「討厭啦——面對惡魔還得講禮貌，你是在說什麼蠢話啊？惡魔可是比違背神之旨意的不死怪物還要低劣，沒有人類的負面情感就無法存在的寄生蟲耶——！噗哧哧！」

語畢，兩人沉默了半晌……

「『Sacred Highness Exorcism』——！」

「太天真了！」

阿克婭出其不意地施展了魔法，但巴尼爾在千鈞一髮之際跳向旁邊躲過。

「達克妮絲，妳為什麼要閃躲啊！乖乖站著別動！」

「**（說、說是這麼說，但我的身體不聽使喚啊！）**」

在阿克婭和巴尼爾開始交戰之際，瑟娜和惠惠也來到我們這邊。

「和真、和真！這到底是什麼狀況？為什麼達克妮絲戴著那種面具……！太狡猾了，我也想要那種面具！那種面具猛烈地刺激著我身為紅魔族的神經！」

「妳在說什麼蠢話啊，現在不是說這個的時候啊！達克妮絲的身體被魔王軍的幹部占據了，他的本體似乎是那個面具，妳有辦法處理嗎？」

「佐藤先生，事情究竟為何會變成這樣？那確實是通緝名單上所記載的魔王軍幹部，擁有強大的預知、預言能力的千里眼惡魔巴尼爾。為什麼那種狠角色會出現在這種地方？」

臉色蒼白的瑟娜以近乎尖叫的聲音這麼說。

「那個傢伙是來調查打倒魔王軍幹部貝爾迪亞的人。除此之外還有其他更擾人的目的，不過那些晚點再說。現在我將瑟娜給我的封印符咒貼在他的本體，也就是那個面具上面，將他關在達克妮絲的身體裡。」

聽我這麼說，瑟娜露出匪夷所思的表情說：

「關、關在她身體裡面？你把魔王軍的幹部關在同伴的身體裡面！你這個人是怎樣？你、你這個人是怎樣啊！」

「……不過，這個狀況不太好處理啊。即使中了阿克婭的驅魔魔法，那個惡魔也承受得了。之所以能夠承受住魔法，是因為他占據的是達克妮絲的身體吧。十字騎士是侍奉神的聖騎士，因此達克妮絲對於光屬性的魔法具備特別強大的抗性。還是把貼在面具上的符咒撕下來，暫時釋放那個惡魔吧。」

聽惠惠這麼說，我看向不斷閃躲阿克婭的魔法的巴尼爾。

在他精湛的操控之下，平常遲鈍又笨拙的達克妮絲的身體完全不受沉重的鎧甲影響，以迅速的動作玩弄著阿克婭。

竟有此事，我還以為把他關在達克妮絲的身體裡就贏定了呢！

而且沒想到達克妮絲的身體性能竟然如此之高，讓我大吃了一驚。

「要釋放那個傢伙嗎？他現在被關在達克妮絲的身體裡面，所以只有大劍攻擊可以用，但那個惡魔說過他會用殺人光線之類的東西，要是把他從達克妮絲的身體裡放出來的話，可能會更難對付耶。」

仔細一看，其他冒險者不知何時也紛紛參戰了。他們正在提供支援，試圖讓巴尼爾停下腳步，好讓阿克婭的魔法成功命中。

「……這、這下可傷腦筋了，再這樣下去……」

「……好、好像不太妙呢……」

我順著惠惠的視線看過去，再次確認現狀——

「可惡！那個達克妮絲居然這麼難纏……！」

「砍不中！她隨手拿劍一擋，攻擊就被彈開了！她的斬擊又很沉重，劍速也快得嚇人！我們之所以還活著，也只是因為對方手下留情罷了……！」

「呼哈哈哈哈哈哈哈！這個身體的狀況相當不錯啊！肌力強，持續力又好！再加上對可恨的諸神魔法具備抗性，更是傑出！**（嗚嗚……明明正在給其他冒險者添麻煩，但自己對抗這麼多對手還能占盡優勢卻讓我有點開心……！）**」

那個傢伙……現在可不是開心的時候吧！

「吶，達克妮絲！妳夠了吧，不要亂動啦——！妳想得救？還是不想得救？難不成是因為這些冒險者平常都瞧不起妳，現在能夠對他們大肆發洩，讓妳覺得很爽快嗎？」

「**（才才、才沒有呢！）**呼哈哈哈哈哈哈哈！汝輩這些軟腳蝦冒險者，怎麼啦，快上啊！儘管放馬過來！」

在達克妮絲辯解之後，巴尼爾偏偏挑在這個時機出言挑釁，讓包圍著他們的冒險者的表情變得越來越險惡。

「達克妮絲，妳這個傢伙！不過是攻擊稍微打得到人就囂張起來了啊！」

「我還以為在和真的小隊中，妳算是最像樣的一個人呢！沒想到竟然變成這樣……！」

「圍住她圍住她！包圍這個遜咖十字騎士！」

「（**挑、挑釁的人不是我啊！**）呼哈哈哈哈哈！小嘍囉無論來多少也一樣，吾照樣把你們全都打跑！（**啊啊啊啊啊啊啊啊……**）」

巴尼爾是用達克妮絲的聲帶在說話。

所以對冒險者們而言，根本無從分辨自己聽到的話是達克妮絲說的，還是巴尼爾說的。

也因為這樣，大家對達克妮絲的仇恨值越來越高，現在，不知為何，冒險者們在怒罵的對象成了達克妮絲，而不是巴尼爾了。

「明明只是受到敵人操控而已，達克妮絲卻得受到大家如此責罵，真是太可憐了！難道沒有什麼方法嗎？」

惠惠扯了扯我的衣服，如此表示。

仔細一看，達克妮絲在技壓群雄的同時，確實也遭受著責罵……！

「（**啊啊……平常和氣地找我說話的冒險者們，竟然以這種蔑視的眼神看著我……！**）我感受到的喜悅之情……這究竟是怎麼回事？到底為什麼會這樣……！」

…………

「可是那個傢伙看起來好像很幸福啊。」

「……就、就算是這樣，還是應該想辦法救她！和真沒有什麼好方法嗎？」

叫我想辦法，可是現在的達克妮絲感覺已經有點超出我能夠處理的範圍了。

應該說，以現狀而言，我們沒有能夠打倒那個惡魔的決勝關鍵。

就連阿克婭的魔法都沒什麼效果的話，那就已經無計可施了吧……

「你這個傢伙很煩耶！為什麼這麼難搞啊！」

「吾才想這麼說呢！可惡，竟然用人海戰術，太奸詐了！不要以為吾不殺汝輩，汝輩就可以這樣一直玩下去啊，冒險者！」

另一方面，阿克婭和巴尼爾的戰鬥依然持續著。

冒險者發現巴尼爾的目標是阿克婭之後，便組成人牆幫阿克婭擋住巴尼爾。

阿克婭也從人牆後面施展驅魔魔法，但雙方一直無法打破僵局。

然而，彼此抗衡的均勢，終於由巴尼爾出手推翻了。

大概是總算習慣如何控制達克妮絲的身體了吧，他舉重若輕地揮舞著雙手持用的大劍，開始一一破壞冒險者們的武器。

達克妮絲的身體在肌力和持續力方面，恐怕遠遠超越其他冒險者吧。

再加上惡魔長久以來的戰鬥經驗以及靈巧度，原本是遜咖十字騎士的達克妮絲，現在已經能夠壓制住超過十人的冒險者團隊了。

「總覺得，那個傢伙今天好像有點幸福啊。在各種方面都表現得非常亮眼……」

「別悠哉地說那種話了，快想辦法……啊啊！」

終於，有一個冒險者承受不了巴尼爾的猛攻，中了大劍的橫拍攻擊，戰線開始崩潰。

惠惠見狀，輕聲叫了出來。

「呼哈哈哈哈哈哈！是時候算總帳了，吾之宿敵啊！能夠死在自己的同伴手下，汝真是再幸福不過了啊！」

「吶，吶，達克妮絲！我相信妳！妳不會輸給惡魔對吧！沒、沒問題吧！吶，達克妮絲，妳聽得見嗎！」

阿克婭一點一點後退，同時如此呼喊著，但已經聽不見達克妮絲的回應了。

巴尼爾與冒險者們之間的抗衡之勢已經打破，現在躲在後方的阿克婭，要遭受到直接的攻擊，大概也已經是時間早晚的問題而已了。

「佐藤先生，你不參戰嗎？那個祭司和身體被占據的十字騎士，兩位不都是你的同伴是嗎！你不去救她們嗎？」

瑟娜急切地這麼說，這下該怎麼辦才好呢？

「不，妳也知道的吧，我只是個冒險者。比我強的傢伙都接二連三倒下去了，即使我參戰了也扭轉不了頹勢吧。」

「你這個人！你這個人怎麼可以這樣！」

就在瑟娜抽搐著臉覺得很厭惡的時候，冒險者們依然一個接著一個失去戰鬥能力。

「和、和真——！這是大危機啊！這是目前為止我遇到過最危險的場面啊——！」

快哭出來的阿克婭在遠方求救，惠惠也在身邊抱著法杖，一臉不安地抬頭直盯著我看。

就算妳這樣看我，虛弱的我也無計可施啊……！

這時，就連原本專心看著居於劣勢的冒險者們的瑟娜，也一臉蒼白地抬頭看著我。

這個時候，我真的很想好好訓瑟娜一頓。

每次我都不是引發騷動的那個人，而是遭到波及的受害者啊。

……唉，一直被捲入這種麻煩當中的我，運氣到底是哪裡很好了啊？

說我運氣好的人肯定都在騙我吧。我在心中如此抱怨。

「和真先生——！和真先生——！」

——一邊聽著阿克婭的求救聲。

「…………真是拿妳們沒辦法啊啊啊啊啊啊啊啊啊啊！」

我有點自暴自棄地如此吶喊，同時一面祈禱著，希望我如果真的很好運的話，一切都可以進行得很順利，並且拔出劍衝了過去。

9

達克妮絲的身體，看起來已經完全被巴尼爾占據了。

「呼哈哈哈哈哈哈！呼哈哈哈哈哈哈！好了，覺悟吧，吾之宿敵啊！沒想到能夠在這種地方消滅掉汝，就連吾也沒有預料到這種事情！怎麼了……在場的冒險者當中最為弱小的男人啊……吾已經看穿汝的個性了，就讓吾這個千里眼惡魔來預言吧。」

巴尼爾對著站到達克妮絲面前的我說：

「追求安定與平穩的汝聽好了。別多費不必要的心思，就這樣假裝沒看見吧。汝難得的好運，卻因為運氣奇差的同伴而完全遭到抵銷。為了保護自身安全，汝還是改找其他隊友為上，如此一來……」

巴尼爾的話還沒說完，我已經一聲不吭地砍向他的面具！

但是，也許該說是不出所料吧，果然被他輕而易舉地躲過了。

「最重視自身安全的男人啊，汝之心境是起了什麼變化？無論汝怎麼做都改變不了現狀。現在除了巴尼爾人偶以外，吾還可以加贈同款面具，汝就帶著這些快點回去吧。」

「我、我才不要那種東西……應該說，達克妮絲妳是怎樣，這麼三兩下身體就被占據了嗎？這麼簡單就被那個突然冒出來的惡魔給馴服了？妳這女人真的有那麼好騙又隨便嗎？」

聽了我充滿挑釁的話語。

「呼哈哈哈哈哈哈！沒用的，現在**（混帳，你說誰隨便又好騙了！他還沒有馴服我！只是這個惡魔的支配和傷害我內心的手段實在是妙不可言……！）**如同汝所見，這個女孩已經聽不見汝的…………嗯嗯……真是鋼鐵般的精神啊，完全出乎吾之預料。吾存活在這個世界上已經這麼久了，過去從來未曾碰上像這樣讓吾無法支配的人。」

也許該說是不出所料吧，那個以忍耐為興趣的十字騎士，果然還確實保有自己的意識。

「達克妮絲，妳仔細聽好了。等一下我會解除面具上的封印。然後，只要短暫的一瞬間就好，妳要設法從巴尼爾手上搶回身體的支配權。然後拿下那個面具丟出來，到時候……」

只要將面具從達克妮絲身上拿下來之後，就輪到阿克婭上場了。

……這時，像是看穿了我這樣的想法似地……

「嗯，這個計畫的確還不壞，但有個問題。虛弱的汝，面對能夠完全發揮這個女孩的力量的吾，到底要如何解除封印呢？要對付可恨的宿敵，維持現在的狀況打起來容易多了。想

解除這個封印的話，得等到吾收拾掉那個傢伙再說。**（嗯，你可別小看現在的我，我覺得現在的自己並不會輸給任何人！）**」

巴尼爾這麼說……

「妳、妳這個白痴……連妳也想跟我作對是怎樣啦！」

——被巴尼爾以劍腹拍打、失去意識的冒險者們，都倒在這附近。

然後，原本在對那些失去意識的冒險者們施展恢復魔法的阿克婭，看見我和巴尼爾對峙，便站到我身後來說：

「和真，有我在你背後罩著！接受我的輔助魔法，像個勇者一樣消滅那個惡魔吧！」

在阿克婭不負責任的煽動的言詞之後……

「呵呵，我也一樣在你背後挺你喔。好了，和真，現在正是讓沉睡在你體內的那股力量覺醒的時刻。不要再賣關子了，快從那個惡魔手中救回達克妮絲吧！」

同樣站到我身後的惠惠，也一樣不負責任地出言煽動。

沉睡在我體內的力量是什麼啊。

但阿克婭和惠惠好像都以為我會正面挑戰巴尼爾，然後想辦法處理掉封印符咒的樣子。

聽她們那麼說，巴尼爾擺出備戰架勢。

「呼哈哈哈哈！你想制服我嗎！**（如果說）**你是想撕下這張**（封印符咒的話！）**那就儘

管試試看**（你辦不辦得到吧。）**吵死了！不准跟吾搶著說帥氣的台詞！」

「你們一開始不是還很討厭那張封印符咒嗎？現在到底想不想要我解開，說清楚嘛。」

我在忍不住如此吐嘈的同時，也吩咐阿克婭準備好驅魔魔法。

「小鬼，汝這個傢伙肯定有什麼企圖吧。都怪站在汝身後那個散發出閃亮氣焰的傢伙，讓吾沒辦法清楚看穿汝之心思，但汝似乎不打算和吾以劍交鋒……嗯嗯，汝打算使用某種技能對吧？**（是『Steal』！想必和真一定是想用他最拿手的『Steal』！）**」

「妳、妳這傢伙！幹嘛把我的底牌說出來啊！」

聽達克妮絲洋洋得意地這麼說，我忍不住吐嘈，而巴尼爾則是奸笑了一下。

「和真，魔法準備好了！」

「太好了，剩下的就交給我吧！那麼，我要出招囉，達克妮絲！就像我們在修練場比試的時候一樣，這次也來賭一下吧！如果我贏了，就會在已經說好的『過分的要求』之外，再加上更不得了的事情。要是妳贏了就隨妳高興！」

「**（啊啊，居、居然在這種時候來這招……！）**混、混帳，別被那個男人誘人的話語給迷惑了！別露出軟弱的一面，活化妳的心靈！提昇自己的魔力，準備抵擋他的『Steal』……！」

達克妮絲的內心開始糾結，導致巴尼爾無法和她好好配合，而停止了動作。

就在此時，我聽見惠惠在背後開始詠唱爆裂魔法的聲音。

我愣了一下，轉過頭去，發現惠惠注視著地城的入口。

冒險者們從入口衝出地城，而巴尼爾創造出來的人偶們也在後面追趕著他們。

巴尼爾見狀，面具的眼睛部分發出詭異的光芒，於是衝出地城人偶們開始往我們這邊蜂擁而至。

惠惠似乎是打算要迎擊它們的樣子。

「那麼，我要上了，巴尼爾！還有達克妮絲，妳繼續抗拒巴尼爾，別讓他亂動！」

說著，我朝面具伸出手……！

「不過是區區冒險者的『Steal』！要是汝以為那招在吾身上管用的話，可就大錯特錯了！要是能夠抵擋這招，就別客氣……！」

「『Tinder』————！」

……賣了這麼久的關子，我喊出來的技能卻不是「Steal」，而是點火魔法「Tinder」。

什麼封印符咒，根本不需要出手去撕，或是竊取。

只要點火燒掉就可以了……！

「…………呼哈！呼哈哈哈哈哈哈哈！呼哈哈哈哈哈哈哈哈哈！**（啊啊啊啊，和真你太奸詐了，卑鄙小人！）**沒想到汝能夠唬到我這個千里眼惡魔，真不錯啊！」

貼在面具上的封印符咒燒了起來，牽繫著巴尼爾和達克妮絲的東西，已經消失了。
「喂，達克妮絲，展現妳的毅力！摘下面具丟出來！」
聽我這麼說，達克妮絲將手放到面具上，然後——！
「（……**！拿不下來……！**）」
在巴尼爾的堅持之下，面具依然緊緊黏在達克妮絲的臉上。
此時，巴尼爾人偶蜂擁而至。
而逃出地城的冒險者們組成了人牆，擋在它們前面。
看來，大家似乎察覺到我們正在對抗頭目級的敵人，打算幫我們絆住那些雜兵的樣子。
「和真先生——！我該怎麼辦？我已經可以施展魔法了嗎？」
「不，等一下，面具還在達克妮絲臉上！這樣即使施展魔法，也會受到她的抗性……」
——就在這個時候。

「**（別管了，快出招。）**」

維持著摘除面具的姿勢，達克妮絲喃喃地這麼說。
但是，就算她這麼說，現在出招也起不了多大的作用啊。

「（如果阿克婭的魔法無效……沒關係，那就別管我，直接施展爆裂魔法，連我一起轟炸吧。）」

達克妮絲這麼說。

……喂，妳這是在說什麼話。

「妳白痴啊！就算妳再怎麼耐打，也不可能承受得了爆裂魔法吧！」

「**（沒試過怎麼知道！）**好，別衝動，有話好說。」

達克妮絲此言一出，原本一直氣定神閒的巴尼爾也顯得有點著急。

然後，她也對在我身後已經完成爆裂魔法的準備程序的惠惠說：

「**（阿克婭！如果面具脫離我的身體，妳就立刻施展驅魔魔法！）**好吧，今天就算平手如何？**（如果面具就這樣一直黏在我身上的話，惠惠就使用爆裂魔法……！）**和身為魔王軍幹部，又是地獄公爵的吾打成平手，一定可以和身邊的人好好吹噓一番喔！」

「我、我知道了達克妮絲！只要那個礙眼的東西離開了，我就動手對吧！」

阿克婭盯著那個面具一直監視，並且擺出架式，準備隨時施展魔法。

「和真，達克妮絲瘋了，就算是達克妮絲也不可能沒事啊！」

惠惠則是一臉泫然欲泣地如此對我訴說。

不知不覺間，原本正在往我們這邊前進的人偶們，還有瑟娜和冒險者們。

所有人都離達克妮絲遠遠的，動也不敢動。

——就在這樣的狀況下。

「**（……喂，巴尼爾。雖然時間非常短暫，不過和你相處起來其實還不壞。所以，至少……我讓你做出選擇。看你是要離開我而遭到淨化，還是和我一起接受爆裂魔法的轟炸，要選哪一個？）**」

達克妮絲逼巴尼爾做出如此無理的抉擇。

無論選擇哪一邊，都是滅亡。

「……吾，是惡魔。」

巴尼爾沉重地……

「是敵對於神的存在。吾根本不想遭到淨化。呼哈哈哈……吾之毀滅慾望，以意外的形式實現了呢。再見了，附在汝身上還滿開心的啦。」

選擇了爆裂魔法。

聽他這麼說，戴著面具的達克妮絲遠離了我們。

「**（來吧，惠惠！）**」

達克妮絲這般殘酷的要求，讓惠惠輕輕搖頭拒絕。此時——

我找上一臉茫然地觀看著事情始末的瑟娜，拍了她的肩膀一下。

「要是真的發生了什麼不幸，請妳當證人，就說是我的指示吧。這次也是一樣，由我負起全部的責任。」

聽我這麼說，瑟娜一臉蒼白地用力點了頭，並咕嚕地吞嚥了一口口水。

我們隊上最引以為傲的十字騎士非常耐打。

——是阿克賽爾最耐打的。

「惠惠，動手！」

終於，在我如此指示之後不久。

地城前方，響起浩大的爆炸聲響——

1 終章——阿克婭——

——和那個奇怪的惡魔交戰之後，過了一陣子。

和真他們和我，一起被叫到冒險者公會去。

真是的，和真也真是的。

這個人為什麼總是一而再再而三地惹來這麼多麻煩呢。

和魔王軍的幹部交戰什麼的，我已經受夠了。

應該說，我想過的是更平淡一點的生活啊。

當然我是很想早點回天界去，但總覺得來到這個世界後，我老是碰上相當悲慘的遭遇。

「……該怎麼說呢，妳做起像是這種沒什麼特別意義的事情，真的能夠展現出非常卓越的才華耶。」

正當我用杯子裡的水在桌子上畫畫的時候，和真心有所感地這麼說。
「那還用說嗎，你以為我是誰啊？」
只要有水可用，這種小事算得了什麼……
「要是妳打著藝人之神的名號，說不定還會有人信奉妳呢。」
……和真說了這種蠢話耶，真想用我神聖的拳頭打在他的嘴上。
不過我這麼寬宏大量，不會做那種事啦。
可不是因為和真的反擊更可怕喔。
真的，那種小事，我只有一點點怕，真的只有一點點怕。
惠惠一天到晚惹麻煩，達克妮絲又老是說些奇怪的事情讓他傷腦筋，所以至少我應該要對他好一點。
這個小隊的成員全都是不可靠的孩子，身為女神，我得好好看顧大家才行。
「……吶，妳現在八成在想什麼奇怪的事情對吧？幹嘛用那種憐憫的眼神看著我？被妳用那種眼神看著，總覺得有點不爽。」
我展現出成熟大人的風範，和真卻出言不遜找我麻煩。
一定是缺乏鈣質，心情太過緊繃了吧。
不過，從今天開始，他的心情應該可以舒緩許多。

畢竟，我們今天被叫來這裡是因為——

2 終章 ——惠惠——

——我真是太失敗了，這次居然沒派上什麼用場。

雖然沒有阿克婭和達克妮絲那麼誇張，但畢竟我平常也給和真添了不少麻煩，所以本來想說這次一定要好好協助他……

身為這個小隊最有常識的人，我必須最爭氣才行。

我的使魔點仔跳上了桌子。或許是因為和真在豪宅裡給過牠食物，讓牠食髓知味了吧，牠變得很黏和真。

「……這個傢伙好像莫名的黏我啊。牠就完全不想接近阿克婭。動物能夠憑本能看出誰的心靈最純淨……應該就是這麼回事吧。」

「因為和真平常都被大家害得那麼辛苦，寬宏大量的我原本看這樣的你可憐，打算對你好一點，但剛才那句話我可不能當作沒聽到。照你剛才的說法，聽起來好像神聖的我的心靈

不純淨一樣。」

「我的確是在說妳的心靈不純淨沒錯啊。」

和真和阿克婭開始扭打了起來，點仔連忙逃到我這邊來，於是我抱起牠，放回牠的固定位置，也就是我的肩上。

在公會的一角，之前幫我一起澄清和真的嫌疑的芸芸，一個人坐在那邊吃著定食。

何必一個人待在那裡呢，別再逞強說什麼我們是競爭對手，過來這邊一起吃不就得了。

雖然和真已經自己洗清魔王軍間諜的嫌疑了，但芸芸也暗中幫了不少忙，等一下再去向她道謝好了。

「嗚嗚……我快要不行了……」

和真對面的座位傳出這樣的呻吟聲。

那是趴在桌子上，紅著臉、發著抖的達克妮絲所發出來的聲音。

從剛才開始就有許多冒險者來向她打招呼，而每來一個，她的臉就更紅了一些。

隊員當中年紀最大的這位大小姐，因為不諳世事，還有愛裝酷卻又容易激動，讓人偶爾會非常想欺負她。

……好。於是我站了起來，走到達克妮絲身邊——

3 終章 ——達克妮絲——

——怎麼會這樣。

到底是為什麼會變成這種情況啊。

「吵死了，妳到底要鬧到什麼時候啊！再說，這次的審判騷動當中被拿出來抨擊的事件裡，最多的就是和妳有關的事情了！以給我找麻煩的程度由高排到低，就是妳、惠惠、達克妮絲！聽懂了的話，就縮到角落去數牆壁的木紋，在我的表揚會結束之前都不准妨礙我！」

「哇啊啊啊啊啊——！和真用言語暴力欺負我！我又不是故意想要惹麻煩！無論是對抗貝爾迪亞之戰的洪水災害，還是在公墓張設結界引起的惡靈騷動！我都是出自一片好意去做的耶！」

「請等一下，三個人當中我應該是最沒有給你添麻煩的一個才對吧！」

不顧大吵大鬧的三個人，我抱著頭趴在餐桌上。

突然，有人從背後叫了我。

「喲，拉拉蒂娜！原來妳的本名這麼可愛啊！」

聽那個人這樣叫我，我抖了一下。

「拉拉蒂娜，改天我們一起去看最適合妳這個名字的可愛衣服吧！我會幫妳挑喔！」

這番話讓我又抖了一下。

「不過，拉拉蒂娜啊……這名字就很像哪個好人家的大小姐，很有格調，很不錯啊。」

饒了我吧……！

解決了和領主的約定之後，沒想到這下又冒出新的問題來了……

我淚眼汪汪地抬起頭，瞪著那個害我被其他冒險者調侃的男人。

「喔，妳幹嘛一臉那麼凶的樣子啊，拉拉蒂娜。和妳可愛的名字很不搭喔。」

「唔唔唔唔唔……！」

我咬緊牙關忍受著和真的挑釁，感覺自己的臉已經紅到連耳朵都熱起來了。

我輸給他的時候，他的確是答應過要做「會讓我哭著叫不要的事情」，但這……！

可惡，這個沒用的傢伙！

明明就糾結了那麼久，竟然在最後關頭退縮了……！

到頭來，阿爾達普那個傢伙後來也沒說什麼。

不過那個傢伙那麼死纏爛打，應該不會就此放棄才對……

「哎呀，好像要開始了。那我先過去一下囉，拉拉蒂娜。」

和真一邊說著一邊站了起來，我便拿起手邊的木製酒杯砸他。

4 終章 ──和真──

「冒險者，佐藤和真先生！」

站在公會的櫃檯前，在其他冒險者們的熱烈注視之下。

「我謹代表本鎮頒發感謝狀以資表揚，同時也為之前視你為嫌犯致上最深的歉意──」

瑟娜這麼說完，向我深深一鞠躬，而我從她的手上接過感謝狀。

──對抗巴尼爾之戰後，過了一個星期。

如果是魔王軍的關係人，不可能為了打倒幹部做出那麼大的犧牲。基於這樣的理由，我們的魔王軍間諜嫌疑也得到洗刷。

在我們和巴尼爾交戰時就近觀戰的瑟娜的安排之下，我順利洗刷了顛覆國家罪的嫌疑，

現在，晚其他冒險者們一步，領取了對抗毀滅者之戰的獎金。

最重要的，當然就是不需要再害怕死刑了。

然後，能夠拿這筆錢來還債也讓我非常感激。

再加上達克妮斯的傷勢也痊癒了，今天我們才會像這樣被叫來公會——

「還有達斯堤尼斯・福特・拉拉蒂娜大人！您在這次戰鬥中的犧牲奉獻非常偉大。對於您不負達斯堤尼斯家之名的表現，王室頒發了感謝狀，並且致贈這套由第一級技工士們打造的全身鎧甲，補償您在之前的戰鬥中損失的裝備。」

瑟娜說完，一旁待命的騎士們便將全新的鎧甲搬到滿臉通紅還發著抖的達克妮絲面前。

——惠惠的爆裂魔法，消滅了面具惡魔巴尼爾。

同時，躺在巨大隕石坑裡的達克妮絲也受了瀕臨死亡的重傷，並失去了她寶貝的鎧甲。

後來，在阿克婭的照護之下，她恢復到現在這個樣子，但是……

「恭喜妳，拉拉蒂娜！」

這時，不知道是誰這麼叫她，讓達克妮絲抖了一下。

「拉拉蒂娜，幹得好啊！」

「不愧是拉拉蒂娜！」

「拉拉蒂娜好可愛啊，拉拉蒂娜！」

接連有人以拉拉蒂娜這個名字叫她，讓達克妮絲用雙手摀住已經紅到耳朵的臉，再次趴到桌上。

「這種羞辱法……！這、這不是我所期望的過分的事情啊……！」

趴在桌上的達克妮絲以虛弱的聲音這麼說著。

說好會讓達克妮絲哭著叫不要的事情。

我只是實現了那個約定而已啊……

「吶，達克妮絲，我覺得拉拉蒂娜這個名字非常可愛啊！我知道和真是半開玩笑地推廣了這個名字，晚一點我會再罵他！所以，妳應該對拉拉蒂娜這個名字更有自信一點才對！」

毫無惡意的阿克婭，如此追擊趴在桌上的達克妮絲。

然後，特地來到隔壁座位的惠惠，忍笑忍到肩膀不住顫抖，抓著達克妮絲微微抖動的肩膀一直搖晃她。

——我做出的要讓達克妮絲哭著叫不要的事情，就是推廣拉拉蒂娜這個本名。

也因此達克妮絲每天都會被冒險者們調侃，不過不久之後應該就會平息了吧。

「——那麼！接下來將頒發致贈佐藤先生的獎金。」

瑟娜再次開口，讓嘈雜的公會內回到平靜。

「冒險者，佐藤和真一行人！你們在討伐機動要塞毀滅者之際多有貢獻，這次討伐魔王軍幹部巴尼爾一事，更是如果沒有你們的活躍就辦不到的豐功偉業。因此……！」

瑟娜一改抨擊我的時候那種苛薄又嚴肅的表情，露出輕柔的微笑。

「扣除你所背負的債務，以及領主大人的宅邸的修繕費用之後……」

瑟娜先是遞給我一張紙。

「在此頒發清償債務之後剩餘的獎金，四千萬艾莉絲，並表揚你的功績！」

然後又交給我一袋沉甸甸的東西。

公會內的大家見狀，發出激動的喝采聲。

冒險者們不斷叫我請客或向我祝賀。

公會內的氣氛已經變得像是宴會一樣熱鬧了。

於是，我將這個場面交給宴會女神阿克婭和惠惠，和達克妮絲一起站了起來走出公會。

——終於還清債款了。

話雖如此，我和達克妮絲卻有點高興不起來。

……因為，我們接下來還得去一個地方。

我們得去向某個人報告打倒了魔王軍的幹部巴尼爾一事才行。
我記得，巴尼爾有這麼說過。
他是來見住在這個鎮上的友人。
那個友人是擁有越工作越窮的奇妙特技的廢物老闆。
而他口中的廢物老闆，應該就是同為魔王軍幹部的維茲吧。
也就是說，我們打倒的是維茲認識多年的老友。
畢竟他想要阿克婭的命，我們的職業又是冒險者，所以這也是沒辦法的事情；即使如此，這次討伐實在還是讓人心情舒暢不起來。

我們來到沒什麼行人的小巷裡。
並站在掛著維茲魔道具店招牌的店面前。
「和真，由我來向維茲報告這次的事情吧。儘管時間非常短暫，但好歹我也曾經和他共用一個身體，一起大鬧了一場。而且，喜歡捉弄人這一點雖然不太討喜，我還是覺得他的本性並不壞……雖然不知為何，他非常固執地視阿克婭為眼中釘。身為侍奉艾莉絲女神的十字騎士說這種話好像不太對……不過，我並不討厭他。」
達克妮絲這麼說，遙望著遠方。

話說回來，這傢伙剛才說一起大鬧了一場是吧。

看來，那個時候她打那些冒險者還是打得挺起勁的。

無論如何，我們推開店門走了進去。

「歡迎光臨——」

聽見這個溫和的聲音，我想像起維茲將會露出什麼樣的表情，就覺得胸口一悶。

——這時，走進店裡的我，發現多了一個穿著這間店的圍裙的新店員。

那個店員頗為高大。

然後，他高高揚起嘴角，笑得非常親切——！

「歡迎光臨！在店門前遙想往事說了一堆羞人台詞的女孩啊，吾有一件事情想對汝說。汝說並不討厭吾，但惡魔沒有性別，所以即使汝對吾做出那種令人害臊的告白，吾也無法回應啊……哎呀，這股羞恥是相當不錯的負面情感呢，美味極了。怎麼，汝為什麼抱著膝蓋蹲下去了？該不會是以為吾已經滅亡了吧？呼哈哈哈哈哈哈哈哈！」

戴著面具的店員一副理所當然似地出現在店裡。

達克妮絲在店裡的地板上抱腿坐下，將臉埋在雙膝之間，而我拍了拍紅著臉、發著抖的她的肩膀。這時，維茲也出現了。

「哎呀，和真先生，歡迎光臨！我聽說了，你因為打倒了巴尼爾先生，洗清了間諜的嫌疑啊！恭喜你，這樣一來問題就只剩下債務了呢！不過沒問題，這位巴尼爾先生在賺錢方面特別有一套喔……！」

聽維茲興高采烈地這麼說，我舉起一隻手制止了她，同時說：

「不，我的確是打倒巴尼爾，也洗清了嫌疑沒錯。那這個傢伙到底是什麼？為什麼中了爆裂魔法還這麼活蹦亂跳？他的存在本身就是犯規了吧？毫髮無傷是怎樣？」

我這麼一問，讓巴尼爾露出一副意外的樣子。

「汝在說什麼啊，中了那種魔法，即使無再怎麼厲害也不可能毫髮無傷。瞧，仔細看看這個面具。」

說著，他指著自己的面具的額頭部分。

我把臉湊過去仔細看，發現上面寫了一個「II」字。

「爆裂魔法打掉吾一命，現在是第二代巴尼爾了。」

「少瞧不起人啦！」

維茲安撫著立刻做出回應的我。

「巴尼爾先生從很久以前就不想當魔王軍的幹部了。所以，他先滅亡了一次，又為了夢想再次復活了。現在的巴尼爾先生，已經不再負責管理魔王城的結界了，所以應該極度無害才對喔。」

看來，見到老友果然讓維茲很開心，她說這番話的時候一直都是笑咪咪的模樣。

有、有那麼無害嗎……？

還是叫阿克婭來，再消滅他一次比較好吧。

正當我煩惱不已的時候。

「來自遠方之地的男人啊。毫無任何長處及力量，卻立志打倒魔王的男人啊。不久之後的將來，蹲在那裡哭哭啼啼的女孩和汝，將面臨難以抵抗的考驗。那次考驗十分強大，汝將體認到自己是多麼無力。預言顯示，在那之前，汝應該協助吾輩的買賣為宜……這正好有一門好生意，汝要不要參考看看？」

巴尼爾說著這番可疑的話，並開心地揚起了嘴角——

（完）

後記

呀啊啊啊第三集出了啊啊啊啊啊！

托各位的福，第三集上市了。真的上市了。

走到這一步，很多事情都帶有真實感了。

因為每天早上起床都會擔心自己發現其實一切都是一場夢而疑神疑鬼，所以我都將第二集放在枕頭旁邊，不過再這樣疊下去，就都快要不需要枕頭了吧。

話說回來，不知不覺間好像連國外的翻譯版都出版了。

目前已經翻譯成好幾國語言，正在販售中的樣子。

不知道翻得如何呢。

故事中有很多奇怪的敘述和微妙的對話耶。

……自己這樣說好像有點奇怪，不過我用的日文還滿莫名其妙的，有點擔心翻譯的人會不會很傷腦筋。

既然如此就用更嚴謹一點日文啊！歡迎大家這樣吐嘈我。

歡迎吐嘈但我不會改，就只是聽聽罷了。

前幾天，我到書店去，原本打算將架子上的我自己的作品往前擺個幾公分，弄得更醒目一點，結果就看到有人正在翻閱《美好世界》第一集。

正當我因為出乎意料的事態而不知所措時，那個人就直接拿著書去結帳了，所以我不禁朝著他的背影合掌拜了一下。

親眼看見有人購買自己的作品還滿嚇人的。

該怎麼說呢，總覺得不敢以腳對著散布在日本全國各地的讀者大人睡覺了，所以我從今天晚上開始就要站著睡。

……我騙人的。我辦不到，對不起。

那麼，就別再說這些莫名其妙的話了，來談談作品吧。

第三集開始登場的檢察官，接下來應該也會偶爾露個臉。

應該說，和主角們扯上了關係之後，今後她會不會因此在仕途上失意，迎來跌宕的人生，我也很難保證。

未來主角們惹出問題的時候她都得被迫負責應對，是個可憐蟲角色。

我忽然察覺到一件事情。出現在這部作品當中的人物，全都得不到回報呢。
不，最後一定……！
所以，為了讓各位讀者可以看到最後，今後我也會多加努力……
另外，上一集也提過，以惠惠為主角的衍伸故事正在sneaker文庫的網頁上連載。
各位不嫌棄的話，不妨上去看一下。
如果可以順便填個問卷的話，作者也會很開心。

不過，這集還是一樣給很多人添了麻煩。
應該說，錯字太多和詞語誤用的情況得設法改善才行。
不好意思，我會多加修練。
然後是三嶋くろね老師，這次也感謝您提供的美麗插圖。
編輯部的各位、參與本書製作過程的各位，真的非常感謝你們。
第三集能夠順利出版都是各位的功勞，真的。
真希望自己可以成為比較不需要那麼麻煩各位的作家。
在責編因為過度勞心勞力而病倒之前，我會有所成長。
……我會加油。

…………希望我會加油……

順道一提，接下來的第四集會比較早上市。

太感恩了，真是太感恩了……！

下一集我也會繼續努力創作，如果各位願意考慮購買，作者也會很開心。

「買了這本書讓我覺得好像交到了女朋友。」

「買這本書的時候順便買了十張彩券結果中了三百圓。」

「這本書我買了好幾本，上戰場時放在懷裡代替防彈衣，結果順利活著回來了。」

之類的，目前都還沒有收到這樣的報告。

希望各位看了本書之後，能夠獲得一點歡樂就好了。

——那麼，參與本書製作的所有人員。

以及拿起本書的各位讀者，我向各位致上最深的謝意！

曉 なつめ

賀！(▷⌒*)
第3集發售
每過一集，
達克妮絲小姐
就會變得讓人更想
多欺負她一點……
所以這次畫了
漂亮版的
達克妮絲小姐
大小姐
畫起來
真是很開心。
みしまくろね
2014.

NEXT

哎呀，這香氣真棒啊。
最高級的紅茶泡好囉，和真先生。

喔，謝啦。

……

不過是得到了一大筆錢，
就成了這副德性……

就是說啊！吶，和真，
我想去出任務耶……

想練等的話雇些冒險者
陪妳不就好了。
我被冬將軍砍出來的
舊傷會痛，無法奉陪。

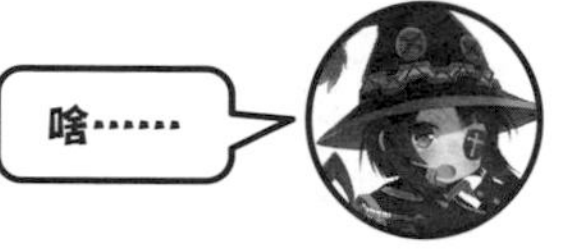

啥……

……對了！傷口會痛的話，就到溫泉與水之都
「阿爾坎雷堤亞」去泡湯治療吧。

咦？「阿爾坎雷堤亞」？這樣啊…………好啊！
看來讓大家知道我有多厲害的時候終於到來了！

？？也好，有溫泉我就去！

為美好的世界獻上祝福！4
廢柴四重奏

COMING SOON!!

國家圖書館出版品預行編目(CIP)資料

為美好的世界獻上祝福！. 3, 妳被召喚囉，達克妮絲小姐。 / 暁なつめ作 ; kazano譯.
-- 初版. -- 臺北市 : 臺灣角川, 2015.01
面； 公分. -- (Kadokawa fantastic novels)

譯自：この素晴らしい世界に祝福を！. 3, よんでますよ、ダクネスさん。
ISBN 978-986-366-303-4（平裝）

861.57 103024643

Kadokawa
Fantastic
Novels

為美好的世界獻上祝福！ 3
妳被召喚囉，達克妮絲小姐。

（原著名：この素晴らしい世界に祝福を！3 よんでますよ、ダクネスさん。）

2015年1月10日 初版第1刷發行
2024年5月20日 初版第17刷發行

作　　者：暁 なつめ
插　　畫：三嶋くろね
譯　　者：kazano

發 行 人：台灣角川股份有限公司
總　　監：呂慧君
總 編 輯：蔡佩芬
主　　編：林秀儒
副 主 編：楊鎮遠
設計指導：陳晞叡
印　　務：李明修（主任）、張加恩（主任）、張凱棋、潘尚琪

發 行 所：台灣角川股份有限公司
地　　址：104台北市中山區松江路223號3樓
電　　話：（02）2515-3000
傳　　真：（02）2515-0033
網　　址：www.kadokawa.com.tw
劃撥帳戶：台灣角川股份有限公司
劃撥帳號：19487412
法律顧問：有澤法律事務所
製　　版：尚騰印刷事業有限公司
ＩＳＢＮ：978-986-366-303-4